梓 林太郎

スーパーあずさ殺人車窓

山岳刑事・道原伝吉

実業之日本社

実業之日本社文庫

スーパーあずさ殺人車窓

山岳刑事・道原伝吉

1

十一月十九日、晴れ――

未明まで降りつづいていた雨が上がり、安曇野《あずみの》にも北アルプスにもすっきりとした蒼空《あおぞら》が広がった。

十四時五十二分、大糸線南小谷《おおいとせんみなみおたり》を発《た》った新宿行き特急「スーパーあずさ10号」は、定刻どおり十五時四十七分に穂高《ほたか》駅を通過した。

グリーン車の後部座席にいた乗客の中年男が、急に胸を掻《か》きむしって苦しみ始めた。近くの乗客がそれに気づいて、車掌に知らせた。

車掌が駆けつけてみると、苦しがっていた中年男は、血を吐いていた。座席の下に清涼飲料水の缶が一本転がった。

危険を察知した車掌は、車内電話を掛け、急病らしいと告げた。

急病人を次の停車駅の松本《まつもと》で降ろすことになった。

特急は十六時二分、松本に到着した。ホームにはすでに担架が用意されていたし、駅前に救急車が待機していた。

急病人は、救急車に運び込まれたが、すでに死亡していた。が、病院に収容された。

特急は二分間停車して、なにごともなかったように十六時四分、新宿へ向かって走り出した。

乗客の死亡は、すぐに松本警察署へ連絡された。

署員は病院で、救急隊員から事情をきいた。松本駅員からも同じことをきいた。

死亡した乗客が急に苦しみ出したのが、穂高駅を通過した直後ということから、管轄警察は豊科《とよしな》署ということになった。

死亡した男の身元は、所持品から判明した。名刺を何枚も持っていたし、スーツの上着についた名字も同じだった。

その名刺はこうなっていた。

〔ペンション・緑明館《りょくめいかん》　宮沢種継《みやざわたねつぐ》　長野県北安曇郡小谷村〕

松本署からの急報で、刑事課の道原伝吉《みちはらでんきち》と伏見日出男《ふしみひでお》は、松本市の信州大学医学部付属病院へ飛んだ。

遺体を視《み》た医師は、青酸性毒物による中毒死といった。

遺体は解剖されることになった。

道原は、遺体の所持品から身元の分かりそうな物をノートに控えて署に帰った。

宮沢種継の名刺の番号に電話した。ペンション・緑明館の従業員が応え、宮沢の妻に代わった。

「主人は、東京へ行きましたが……」

警察からの問い合わせにうろたえているふうだった。

「宮沢さんは、何時発の列車にお乗りになりましたか？」

「三時近い『あずさ』に乗るといって、家を出ましたが。……あっ、十四時五十二分発です。あのう、主人が、なにか？」

道原はそれに答えず、宮沢の服装と持ち物をきいた。

「灰色の背広に、紺色のネクタイです。茶色の鞄《かばん》を持って行きましたが……」

「ご主人によく似た方が、列車の中で毒のような物を飲んで、松本の病院に収容されました」

「列車の中で、毒を……」

妻は人違いではないかときいた。

道原は、宮沢らしい人が死亡したとはいわなかった。家族の動揺を考慮したのだ。

彼女は、すぐに病院へ駆けつけると答えた。

「スーパーあずさ10号」は、すでに甲府《こうふ》を過ぎているはずだった。

松本駅へ連絡し、宮沢種継らしい男の乗っていた座席に、乗客を近寄らせないでもらいたいと頼んだ。

警視庁新宿署に、グリーン車の宮沢らしい男が乗っていた座席付近を検《しら》べてくれと依頼した。現場保存である。

特急「スーパーあずさ10号」は、定刻どおり十八時三十六分に新宿に到着した。

その三十分後、新宿署から豊科署に連絡が入った。グリーン車の宮沢と思われる男が乗っていた座席の下から、一本の清涼飲料水の缶とハンカチを発見し、毛髪約三十本を採取して保管しているということだった。


松本市の信州大学法医学教室に、宮沢種継の細君と次女とペンションの従業員一人の三人が到着した。

三人は、列車内で毒物を飲んで死亡した遺体と対面した。遺体はやはり宮沢種継だった。

三人は、豊科署の係官にともなわれて署へやってきた。当然のことだが、三人とも顔面は蒼白だった。

宮沢の細君は弘美《ひろみ》という名だった。なにが起こって夫が死亡したのか、訳が分からないという表情のまま、係官に小会議室へ案内された。

道原は正面から弘美に悔みを述べた。

彼女は椅子を立ち、無言で頭を下げた。

次女と従業員が横に並んで腰掛けた。

婦警が、三人の前へお茶を置き、一礼して去った。

道原は、弘美の呼吸が落着くのを待って話をきいた。

宮沢は、五十三歳。小谷村でペンションを経営して十四年になるという。

「ご主人は、列車内で毒物の混った清涼飲料水を飲んでお亡くなりになったようです。自殺ということも考えられますが、お心当たりがありますか？」

「そんな。……心当たりなんか、ありません」

弘美は喉を痛めているような声で答えた。

道原は、次女の惇子《あつこ》と、吉川《よしかわ》という男の従業員に、同じことを目顔できいた。二人は同時に首を横に振った。

「まだ詳しいことは分かっていませんが、ご主人がすわっていたグリーン車の座席の下に、清涼飲料水Aの缶が一本転がっていました。その中に毒物が入っていたことが考えられます。ご主人はAを持って、お宅を出たんですか？」

「いいえ。そういう物は持って行かなかったと思います」

「奥さんは、Aをご存じですね？」

「知っています。うちのペンションの自動販売機にも入っていますから」

「ご主人は、Aをよく飲んでおられましたか？」

「缶入り飲料はめったに飲みません。主人はコーヒーが好きで、毎日、三杯ぐらい飲みますが、コーヒーメーカーで点《た》てたものです」

弘美は、何回もハンカチで鼻を押さえた。

「ご主人がすわっていた座席の下に、白地に緑色の縁取りのあるハンカチが落ちていました。これも新宿署が保管していますが、ご主人の物と思われますか？」

「主人の物だと思います。けさ、わたしがワイシャツと一緒にそろえておきましたから」

そういって弘美は、嗚咽《おえつ》を始めた。

横にすわった惇子も泣き出したが、彼女は母親の肩に手を掛けた。

道原の質問はしばらく中断した。

「ご主人の旅行目的はなんでしたか？」

「主人は、小学校の同期会の幹事でした。来年三月、東京で同期会をやることになっていましたので、それの打ち合わせを、東京にいる同級生とするためでした」

宮沢は一人で出掛け、新宿駅ビルにあるレストランで、幹事である同級生の二人に会うことになっていたという。

「ご主人は、小谷村のお生まれですか？」

「蝶沢《ちょうざわ》村です」

「蝶沢の」

道原は持っていたペンをとめた。

蝶沢村は、南安曇郡で、豊科町の隣接である。烏《からす》川扇状地に発達した農村だが、近年人口が増加し、八千二百余人となった。宮沢は、蝶沢小学校を昭和三十年（一九五五）に卒業した。その同期会は「蝶沢三十年会」と呼んで、卒業以来つづけられている。毎年一回、村内か松本市で催されるが、来年は各地に散っている同期卒業生と、当時の教師を集めて、東京で開くことになっていたという。

「新宿のレストランで、どなたと会うか、奥さんはご存じでしたか？」

「二人のうち一人は菅沼《すがぬま》さんときいていました」

道原は、菅沼の連絡場所をきいた。

宮沢の同級生の菅沼たちは、宮沢が現われるのを、レストランで待っていたに違いない。約束の時間は午後七時だったという。

その時間はとうに過ぎた。二人は、宮沢がやってこないので、どうしたのかと思ったことだろう。

弘美は、小谷村の自宅へ電話した。ペンションと自宅は同じ場所だという。

彼女は涙声で話していた。宮沢が死んだことをきいて、家族もペンションの従業員も歯の根が合わなくなったのではないか。

弘美は電話を切った。話した相手は、長女の立子《たつこ》だったといった。立子も惇子も独身で、ペンションに従事しているということである。

「菅沼さんから電話が入ったそうです」

弘美はいった。

宮沢が到着しないので、小谷村の自宅へ掛けてみたのだろう。立子が出て、父は東京へ向かう車中で事故に遭ったとだけ答えたという。

松本駅から電話があった。

上りの「スーパーあずさ10号」の乗務員は、二十時新宿発の「スーパーあずさ15号」で松本へ戻ってくるというのだった。

その乗務員の中に、車内で苦しがっている宮沢を見て、車内電話で措置を連絡し、松本駅で降ろした車掌がいる。

折り返し列車は、二十二時三十九分に松本に着くという。

2

車掌は五十歳ぐらいだった。

「グリーン車の隣の車掌室にいましたら、お客さんが、『病人です』と、ドアを叩《たた》きました」

それで彼は座席を見に行った。そのとき宮沢は床に血と泡を吐いて、からだをくの字に曲げていた。

これを見て彼は、タダごとでないと判断し、指令室に車内電話を掛けたという。

「あなたは、その前に血を吐いていたお客さんを、座席で見ていますか？」

道原はきいた。

「はい。白馬《はくば》を発車してから、乗車券を拝見に行きました」

「そのとき、変わったことはなかったですか？」

「たしか、通路に女の方が立っていて、亡くなられたお客さんと話していました」

これは注目すべき証言だ。

「間違いないですね？」

「間違いありません。南小谷、松本間のグリーン車には、十二人しか乗っていませんでしたので、よく覚えています」

十二人のうち三人は白馬で、四人は信濃大町《しなのおおまち》で乗車したという。

「その女性はグリーン車の乗客でしたか？」

「いいえ。グリーン車には乗っていません。ほかの車両からおいでになったか、通路を歩いていて、亡くなられたお客さんを目にして、立ち話をされていたのではないかと思います」

「どんな女性か、覚えていますか？」

「そうですね、三十歳ぐらいではなかったでしょうか。わりと背の高い人だったという記憶があります」

「その女性は、宮沢さんとどのぐらいのあいだ話していましたか？」

「列車が信濃大町に着いたときには、いなかったような気がします」

車掌が、検札を始めたのが列車が白馬を発車してからという。次の停車駅が信濃大町だった。白馬を発車したのが十五時六分で、信濃大町着が十五時三十分だ。

宮沢の座席の脇に立って、彼と話していた女性は、白馬から乗車したのではないか。他の車両の指定席か自由席に行こうとしてグリーン車内を通過しようとしたら、知り合いの宮沢が乗っていた。それで白馬、信濃大町間の二十四分のあいだの何分間かを立ち話したということか。

宮沢の妻の話だと、彼は缶入りの清涼飲料水など飲むことはめったにないという。車内でなにかを買って飲んだとしたら、ビールかコーヒーだろうといっている。

普段、缶入りの飲料水を買って飲む習慣のない人でも、喉が乾いたため、駅のホームか車内販売の物を買ったということも考えられる。

あるいは、車内で会った女性が飲料水を持っていて、それをもらったのだろうか。

その飲料水には毒が混入されていた。宮沢を殺害する目的で毒を混入し、彼に与えた可能性は充分考えられた。

宮沢は、缶入り清涼飲料水が嫌いで、一切口にしないというわけではなさそうだ。ジュース類を飲むくらいならビールにするという男だったらしい。

やはり立ち話していた女性が怪しい。彼には飲料水を買って飲む習慣はなかったが、女性にもらったので、つい口にしたということかもしれない。

道原は車掌に、宮沢と話していた女性の服装を覚えているかをきいた。

車掌は、思い出そうとしたが、忘れたと答えた。無理もないことだ。まさか、女性と話していたグリーン車の乗客が、血を吐いて死亡するなど、毛先ほども想像しなかっただろう。

「女性の顔を見れば分かりますか?」

「自信がありません」

車掌は頭に手をやった。

宮沢種継の解剖結果が発表された。

死因は、ジュースに混入したシアン化カリウムによる全身性痙攣《けいれん》、呼吸麻痺《まひ》。

死亡推定時刻は、十一月十九日午後四時ごろ。

「スーパーあずさ10号」に乗務して新宿へ向かった車内販売の従業員は、新宿発十九時の「スーパーあずさ13号」に乗務して、松本へ戻ってきた。

捜査員はワゴンサービスの女性に会った。彼女はグリーン車の乗客だった宮沢を覚えていなかった。

彼が飲んだ缶ジュースは、車内販売が扱っていないことが分かった。したがって、宮沢が他所《よそ》で買って持ち込んだか、誰かにもらった物ということになった。

このことから、宮沢と車内で話していた女性は重要とにらんだ。

宮沢の長女立子から豊科署に連絡があった。

宮沢と新宿駅ビルのレストランで会うことになっていた同級生の、菅沼と戸塚《とづか》が、二十三時五十五分に松本に着く特急に乗ったというのだった。

二人は、宮沢が着かないので、小谷村の彼の自宅に電話した。電話に応じた立子は、「父は、東京へ向かう途中、事故に遭い、行けなくなった」と答えた。

これをきいた二人は、「事故とはなにか?」と、再度電話を入れた。二度目に受けた電話で立子は、「父は亡くなりました」と答えた。

驚いた二人は話し合い、小谷村へ向かったものかどうかを、また立子に相談した。

宮沢の遺体は解剖のため松本にある。彼の妻と次女と従業員も松本にいる。それをきいた二人の同級生は、二十一時発の特急に乗って松本で降りることにしたというのだ。

真夜中になるが、道原は菅沼と戸塚に会うことにした。

宮沢の妻と次女たちは、松本駅前のホテルに泊まることが分かった。

東京を発った二人は、一応そのホテルに着くということだった。

道原と伏見は、ホテルのロビーで宮沢の細君とふたたび会った。

玄関を向いていた彼女は、入ってきた二人の男を見てソファを立った。

「お忙しいところを、すみません」

それだけいった弘美は、込み上げてきたものをこらえきれずにハンカチを口に当てた。

ホテルに着いた二人の男は、宮沢とは蝶沢小学校の同級生の菅沼と戸塚だった。

菅沼は長身でがっしりした体軀だが、戸塚は背が低くて太っていた。

道原は、二人と名刺を交換した。名刺を見て二人が会社勤めであることが分かった。

弘美は、用事があったら呼んでくださいといって、部屋へ引き上げた。

ロビーは四人だけになった。外出から帰ってきたらしい人が、たまにフロントへ行く。キーを受け取ってはエレベーターに消えた。

道原が、宮沢が死亡した経緯を菅沼と戸塚に詳しく話した。

「宮沢が、殺された……」

二人は同時にいって、口を開けた。

「自殺はまず考えられません。ご家族にききましたが、自殺の動機はないということですし、自宅にいる長女の立子さんが見たところ、遺書のような物は見つかっていません」

ホテルの従業員がお茶を持ってきて、四人の前へ置いた。

道原は、宮沢はどんな用事で二人に会うつもりだったのかを、あらためて尋ねた。

「来年三月に東京で開く同期会の打ち合わせでした。約束の時間は七時でした」

菅沼が答えた。弘美の話と合っていた。

「宮沢さんには、そのほかに用事があったでしょうか?」

「さあ。それはきいていません。一泊するから、新宿のホテルを予約しておいてくれといわれましたので、取っておきました」

今夜、新宿を発つ前にそのホテルをキャンセルしてきたと菅沼がいった。

「宮沢さんが殺されたのだとしたら、どんなことが考えられますか?」

道原は、二人の顔に注目した。

「分かりません。彼は十何年か前に南小谷村でペンションを始めましたが、それの経営はうまくいっているという話でした」

戸塚が答えた。

「私はこんなことを想像しました。……宮沢さんが東京であなた方に会うのを知っている人がいた。その人は、宮沢さんをあなた方に会わせたくなかった……」

「それで、毒の入ったジュースを飲ませたとおっしゃるんですか？」

「あるいはと思いましてね」

「私たちは、『蝶沢三十年会』の新しい名簿作りの件や、来年三月に東京でやる同期会の日時や会場の打ち合わせをするだけでした。三人が会うことによって、特定な誰かが困ったりするような内容の話をするつもりはありません。まして、宮沢を殺してまで、私たちの打ち合わせを阻止する人がいるなんて、考えられません」

菅沼は、ムキになったようないい方をした。

「そうすると、宮沢さんに対して、個人的な恨みを持っていた人がいたということでしょうか？」

「それも分かりませんが、彼が殺されたことと、私たち三人の打ち合わせとは関係がないと思います」

宮沢の人柄を、道原はきいた。

「子供のころは、いわゆるガキ大将でした。私も戸塚も蝶沢中学校まで一緒でしたが、宮沢は勉強がよくできるほうでした。家は村内で裕福なほうだったからでしょうか、発言力があって、現在も同期の者の中ではリーダー的存在でした」

菅沼がいった。

宮沢の小中学校時代は、誰とも付き合うタイプではなく、特定な数人と仲よくしていたと、戸塚が菅沼の話を補足した。

二人の話で、宮沢の実家は農業だったことが分かった。父親の代になって、リンゴ園を広く経営し、それを宮沢の兄一夫《かずお》が継承しているという。

父親は兼雄《かねお》といって、三、四年前に死亡した。母親もその翌年に亡くなった。

宮沢には妹が一人いて、名古屋で所帯を持っていることが分かった。

さっき弘美にきいたが、宮沢の兄の一夫は、友人数人と九州旅行に行っているという。旅行中の一夫とは連絡が取れ、あす帰ってくることになっている。

道原は、宮沢の親族のことをきいたあと、彼には女性関係の噂《うわさ》はなかったかと、菅沼と戸塚にきいた。

「そういう噂はきいていません」

二人はそういってから、なぜかと、道原にきいた。

「じつは、宮沢さんは、列車が信濃大町に着くまでの間、女性と話していたのを、車掌が記憶しています。これも私の想像ですが、宮沢さんは、女性を伴って上京するつもりだったんじゃないでしょうか？」

「私たちと会うのにですか？」

戸塚が目を丸くした。

「座席に並んでいると、知り合いに会った場合にまずい。それで女性をべつの車両に乗せた。東京ではホテルが決まっていたのですから、女性を先にホテルへ送り込んでおくつもりだった。どうでしょうか？」

道原は、二人の反応を待った。

「私たちは、食事がすんだら、歌舞伎《かぶき》町のバーへ宮沢を誘うつもりでした」

菅沼がいって、冷めかけたお茶を飲んだ。

二人の表情を観察していると、宮沢には女性関係の噂はなかったようである。

午前一時を回った。

菅沼と戸塚は、このホテルに泊まることになった。

3

長野県警捜査一課と豊科署は、宮沢種継を殺害されたものと断定し、捜査本部を設けた。

道原と伏見は、小谷村で宮沢の身辺データを集めることにした。

宮沢の経営していたペンション・緑明館は、白と緑色に塗られていた。当初一棟だったが、その後増築され、同じ色の建物が三棟並んでいた。裏側の一棟が宮沢の居宅だった。父親や兄から資金援助を受けて、ペンションを始めたということだが、この事業は成功したようである。

付近にはペンションがいくつもあるが、緑明館は最も規模が大きく見えた。

村内に親ノ原《おやのはら》高原、栂池《つがいけ》高原、白馬《はくば》大池《おおいけ》、風吹《かざふき》大池、蕨平《わらびだいら》、池ノ田《いけのた》などのスキー場があり、小谷、島《しま》、姫川《ひめかわ》などの温泉もある。近年、観光化して急速に発展した村である。

西側に、白馬岳、小蓮華《これんげ》山、雪倉《ゆきくら》岳、乗鞍《のりくら》岳、朝日《あさひ》岳などの後立山《うしろたてやま》北部の峰が連なっている。それらの頂稜《ちょうりょう》付近がわずかに白く見えた。

自宅付近の人たちは宮沢を、「とっつきづらい人」と評している。それは、ややキツい目をした風貌からきているようだし、彼は口数が少ない。だから親しみやすくないということらしい。

それと、「いいにくいことでも、わりとはっきりものをいうほう」という評判もある。

これらの風評から、彼は近所の人たちにはあまり好かれていないことが分かった。

ペンション経営は好調のようで、商売上手という人もいる。

道原は、長女の立子に会った。器量は父親似で、目鼻立ちがはっきりして、美人の部類に入る人だった。

現在のペンションの従業員は四人。スキーシーズンになるとアルバイトを二、四人増員するという。

道原は彼女に、父親の悔みをいったあと、宮沢が列車内で会って話していた女性に心当たりはないかと尋ねた。

「いくつぐらいの人でしょうか？」

立子はまず女性の年齢をきいた。そのきき方には心当たりがありそうな感じだった。

「車掌の記憶では、二十歳ぐらいということです」

彼女は、考え顔をした。見方によっては答えを迷っているふうでもあった。

「お父さんのお知り合いに、三十歳ぐらいの女性がいるんですね？」

道原は、立子の表情をにらんだ。

「この辺の方ではと思ったものですから」

「わりに背の高いほうということです。髪形や服装は記憶されていませんが」

「さあ……」

「この近くに、お父さんのお知り合いで、三十ぐらいの女性はいますか？」

道原の質問に彼女は、三、四人いると答えた。

その三、四人の名前と住所をきいた。彼女はその人たちをはっきりと答えたが、

「もしそうでなかったら、ご迷惑が掛かるのでは……」

と、瞳を動かした。

その心配は不要だと、道原は目を和ませた。

「あなたも、ご家族も、お力落としでしょうが、どうか気持ちを強く持って、がん張ってください」

道原がいうと、立子は初めて口を押さえた。

きょう中に、宮沢の遺体は帰宅するだろう。通夜があり、つづいて葬儀が行われよう。そのあと、先行きのことを話し合うに違いない。立子らにとって試練のときが訪れたのだ。

立子からきいた三、四人の女性について、そっと聞き込みした。が、きのうの「スーパーあずさ10号」に乗った人はいないことが確認された。

この聞き込みのあいだに、宮沢には親しい女性がいたという、気になる話を耳にした。

その噂を手繰った結果、親しくしていた女性は白馬村のホテルに勤めていることが

判明した。その女性が三十歳見当ということも分かった。

道原と伏見は興奮を覚えた。もしかしたら、きのうの「スーパーあずさ10号」に宮沢と乗り合わせ、グリーン車の彼の座席脇に立って話していた女性ということが考えられたからである。その人が、シアン化カリウムを混入した清涼飲料水を彼に与えた可能性もあった。そうだったとしたら、彼を殺すために、その女性が毒物をジュースに混ぜたのかもしれない。

道原らは白馬村のTホテルを訪ねた。同村では最古の本格的ホテルだ。八方尾根《はっぽう》への白馬ケーブルの乗り場に近いカラマツ林に囲まれている。

道原は何度も白馬岳に登っている。山行のたびにTホテルの脇を通った。カラマツの樹林のあいだに白と茶色で塗られたホテルがひっそりと建っていた。それを見るたびに、そこに泊まるのは特別な人たちだろうと思ったものである。

一度泊まってみたいという念願が七年ほど前にかなった。そのときは山行でなく、夏の終りに妻の康代《やすよ》と娘の比呂子《ひろこ》を誘って八方尾根で遊んだのだった。

康代は、「こんな贅沢《ぜいたく》なところに泊まっていいのかしら」と、何度もいったものだった。

そのときホテルでは、中庭でバーベキューをやっていた。炭の火鉢を椅子が取り囲み、そこで肉を焼いたのだが、火に手をかざしたくなるくらい肌寒かったのを覚えている。

比呂子はそれをよく覚えていて、翌年も同じホテルに泊まりたいといったものだった。

Tホテルの建物は、道原が泊まったころとは一変していた。すっかり建て替えられ、部屋数も増えている。

Tホテルを訪ねた道原は、宮沢種継と親しくしていた女性従業員のことを慎重にきいた。

「こちらのバーにお勤めということです」

五十年配の支配人に尋ねた。

「いくつぐらいの者か、お分かりでしょうか?」

支配人は応接室で硬い表情をした。

わりに長身で細身の人だと、道原はいった。

支配人は出て行くと、五、六分して四十代の男を伴ってきた。

「刑事さんのおっしゃる者かどうかは分かりませんが、今年の五月まで、バーに大島《おおしま》靖子《やすこ》という女性が派遣されてきておりました」

彼女はやめたという。

「派遣とおっしゃいますと?」

道原はきいた。

「コンパニオンを社交場へ派遣する会社がありまして、そこから、当ホテルでは常時三人コンパニオンを入れてもらっておりました」

「大島靖子さんは、こちらにどのぐらい勤めていましたか？」

「二年以上おりました」

バーにいるときは黒のロングドレスを着て、客が注文した物をテーブルに届ける仕事だという。

宮沢種継を知っているかときいたところ、支配人も四十代の男も知らないと答えた。

バーの係員の男が入ってきた。黒の上下を着ていた。

その男は社員だった。バーとナイトレストランの責任者だといった。彼も宮沢種継を知らなかった。

道原は、立子から借りてきた宮沢の写真を三人に見せた。三人とも見覚えがないと答えた。

大島靖子が所属していた会社は松本市にあるという。彼女がなぜTホテルへこなくなったのかは、派遣会社の都合ということだった。

「大島さんは、どんな女性でしたか？」

バーの係員にきいた。

「刑事さんがおっしゃるように細身で、身長は一六五センチぐらいです。ロングドレスを着て、ハイヒールをはきますので、一七〇センチぐらいに見えます。もの静かで、いくぶん翳《かげ》りのある顔をしています。お客さまによっては、冷たい印象をお受けになるようでした」

大島靖子は、Tホテルから歩いて十二、三分のところに住んでいたという。

バーの係員は、そこへの地図を描いて伏見に渡した。

大島靖子の写真がホテルにあった。外国人の団体客が訪れたとき、ステージの上で撮ったものだった。

十人の男女の外国人の中央に、黒のロングドレス姿の彼女が写っていた。客の要望で記念撮影したのだという。

靖子は微笑していた。わずかに目を細くした程度で歯を見せていなかった。切れ長の目をしていた。長い髪を片方の肩に垂らしている。細い腕が黒い袖から伸びていた。

この写真を道原は借りて行くことにした。きのうの「スーパーあずさ10号」の車掌に見てもらいたかった。

Tホテル勤務中、大島靖子が住んでいた家はすぐに分かった。

カラマツ林の中の一戸建てだった。元は別荘として建てられた家だったが、持ち主である名古屋市の人が改築して、貸家にしているという。

そういわれてみれば、別荘の風情がある。

近くに車が通れる未舗装の道が十文字になっていた。

その近くの家の主婦に、大島靖子を知っているかときいたところ、よく覚えていると答えた。

「すらりとしたからだつきの、きれいな人でしたが、今年の五月ごろ、転勤になったといって出て行きました」

靖子は、その主婦に挨拶にきたのだという。

「大島さんは、一人住まいでしたか？」

道原がきいた。

「お一人でした。赤い花が好きといって、いつも玄関に鉢植えを置いていました。この辺は夏が短いものですから、秋になると赤い花がなくなって寂しいと、よくいっていました」

主婦は、靖子が住んでいた家を向いて話した。その家は木《こ》の間《ま》に暗く見えた。彼女が出て行ってからその家は空き家だという。

「大島さんを訪ねてくる人がいたはずですが？」

道原は、ヤマを張って主婦にきいた。

彼女は一瞬迷う目をした。

「男の方を、何度か見た覚えがあります」

彼女は控え目な答え方をした。

伏見が宮沢の写真を主婦に見せた。

「この方だったと思います」

主婦は答えた。

宮沢がTホテルのバーで働いている女性と親しくしていたという噂は、ほんとうだったようだ。

道原は、宮沢の長女立子の表情を思い出した。

彼が、きのう特急の車内で、宮沢と話していた女性に心当たりがあるかときいたら、立子は、いくつぐらいの女性かときいた。彼女は、父と交際していた女性の噂を耳にしていたのだろうか。それとも大島靖子を知っていたのか。

宮沢の妻はどうだったのか。夫と靖子との噂はかなり広く知られていて、妻も家族もそれを知っていたかもしれない。

4

きのうの「スーパーあずさ10号」の車掌は非番であることが、問い合わせて分かった。

道原は、松本市内でふたたび車掌に会い、大島靖子の写真を見せた。

車掌は、自分の記憶は捜査で重要なポイントとなると判断してか、じっと写真に見入った。

「なんとなく、別の人のような気がします」

彼は、写真を手にしたまま答えた。

「こんな服装ですから、雰囲気は違うでしょうが……」

道原がいうと、車掌は、きのうの女性はジーパン姿だったような気がするといった。

「髪を長くしていましたか？」

「この写真の人ほど長くはなかったと思いますが……」

自信のなさそうないい方をした。

「年齢は、この人ぐらいでしたか？」

「二十代後半か、三一歳ぐらいでした」

車掌は、それ以上は思い出せないようである。

車掌と別れると、大島靖子が所属していた派遣会社を訪ねた。

彼女は現在もその会社に所属していた。白馬Tホテルに派遣されていたが、本人の希望で松本へ移り、現在はAホテルのバーで働いていることが分かった。

松本市内の住所をきいた。

ホテルへ行く前に、彼女の住所へ回った。そこは奈良井《ならい》川に近いマンションだった。

家主と入居者の三人に、靖子の部屋を訪れる人を知っているかときいたが、見たことがないという答えが返ってきた。

家主の話で、靖子が松本の生まれであることが分かった。では実家はどこかときいたところ、それは知られていなかった。部屋を借りるさいの保証人には、会社の上司がなっていた。

「しまった。靖子がきのう出勤していたかどうかをきくのを忘れた」

道原は舌打ちした。

「そうでした。ぼくも気がつかなくてすみません」

伏見が頭を下げた。

肝腎なことだったのに、二人ともうかつだった。

道原は、派遣会社のさっき会った人に電話した。

「大島靖子は、きのうはお休みでした」

「休み。……それは前から分かっていましたか？」

「きのうの昼ごろ、本人から電話がありまして、体調がすぐれないので休ませてもらいたいということでした。大島は、Ａホテルにも電話で断わるといっていました」

会社では代わりの女性を、Ａホテルに派遣したという。

「きょうは出勤していますか？」

「きょうも昼ごろ電話がありました。いつもどおり出勤するということでした」

彼女はすでにホテルのバーに出勤しているという。

「怪しいな」

電話を切ると道原はつぶやいた。

「彼女に直接当たりますか？」

伏見だ。

「そうしよう。だが、何時なら会えるかな」

「仕事が終ってからでないと、無理でしょうね」

二人は、一応Ａホテルへ行くことにした。

細かい雨が降り出した。昼過ぎまで小谷や白馬の上空には蒼空がのぞいていたし、山脈が見えていたので、雨になることなど想像しなかった。

二人は小走りに松本駅に通じる大通りを横断した。

Ａホテルは、昨夜、宮沢の家族や同級生に会ったホテルの斜め後ろにある。六年ほど前にオープンした市内で最大で最高の、本格的なシティホテルだ。バーは最上階だった。黒いスーツの男に、大島靖子を呼んでもらいたいといった。

彼女は、黒のロングドレスを着ていた。白馬Ｔホテルできいてきたとおり、彼女の身長は一七〇センチぐらいに見えた。

話をききたいが、何時なら会えるかときくと、

「ここは十一時に終りますが、そのあとでよろしいでしょうか？」

と、低い声でいった。

切れ長の目をした面長だった。今夜の彼女のドレスは長袖だ。

彼女は、刑事の顔をじっと見て答えた。宮沢の事件はすでに報道されていた。刑事がなんの用件で訪れたのか、彼女には分かっているだろう。

駅前に一軒だけ深夜までやっている喫茶店がある。そこで十一時過ぎに会うことにした。

「きれいな人ですね」

下りのエレベーターの中で伏見がいった。

「三十一だというが、少し若く見えたな」

白馬Tホテルで借りた写真に写っている彼女よりも若い感じだった。

宮沢は五十三で逝った。歳の離れた靖子とほんとうに親しくしていたのだろうか。

道原は、さっき会った車掌の自宅に電話し、午後十一時過ぎに駅前の喫茶店へきてもらえないかときいた。彼のあすの出勤が早朝だと気の毒だと思ったがきいてみた。

車掌は、捜査に協力すると答えた。道原たちが会って話している女性を、近くの席から見てもらうことにした。


靖子が約束の喫茶店に現われたのは、十一時二十分だった。車掌はすでに着いていて、道原と伏見の背中に当たる席にすわっている。靖子の顔を正面から見ることになる。彼女の顔が確認できたら帰ってくれといってある。

靖子は、デパートの紙袋と黒いバッグを提げ、茶色がかったジャケットに黄色っぽいパンツをはいていた。長い髪を後ろで結えていた。ヘアスタイルがさっきと違ったせいか、顔立ちさえも違って見えた。

車掌は、彼女が着いて十分ぐらいで席を立って行った。外へ出て彼は電話をよこすことになっている。

道原は靖子に、宮沢を知っているかときいた。

靖子は、二、三呼吸してから、「はい」と小さな声で答えた。

「宮沢さんが、事件に遭ったことは？」

「きょうの、お昼のニュースで観《み》ました」

「あなたは、宮沢さんとは、親しい間柄だったんですね？」

この質問にも彼女は少し間をおいて、そうだといった。

「あなたたちの関係は、最近までつづいていたんですね？」

「七月ごろ……。いえ、五月に終っていました」

五月といえば、彼女が白馬のホテルから松本へ移ったときではないか。

「別れた理由は、なんですか？」

「あの方が、わたしに対する情熱を失ったからです。……でも、刑事さん。あの方のことをどうしてわたしに、おききになるんですか？」

「宮沢さんとあなたが親しい間柄だったからです」

「わたしが、白馬から松本へ移ったあと、あの方は一度だけ松本へ会いにきてくれました。七月だったと思います。この近くのレストランでお会いして、お別れしました」

「そのあとは、宮沢さんにいつ会いましたか？」

「それきりお会いしていません」

「最近、会っているんじゃないですか？」

「いいえ。七月以来……」

　レジにいた若い男が、道原に電話だと呼びにきた。

　電話の相手は列車の車掌だった。

「どうでした？」

　道原はきいた。

「どうも違う人のようです」

「違う人。……しっかり見てくれましたか？」

「じっと見ましたが、どうも、雰囲気が違います。いまの人を見ていて思い出しましたが、きのう列車に乗っていた女性は、もっと髪を短くしていたような気がします」

「そうですか。夜遅くまですみませんでした」

　車掌は、近くの公衆電話で掛けてくれたようだった。

　道原は席に戻る前に、靖子の背中から伏見に首を横に振って見せた。車掌の電話を目で知らせたのだ。

「きのうの午後はどうしていましたか？」

　彼女の行動を派遣会社できいたといわずに、道原は靖子の日の動きに注目した。

「きのうは、朝から頭痛がしたものですから、お休みしました」

「どちらかへ出掛けましたか？」

「一日中、家にいました」

「誰かにお会いになりましたか？」

「いいえ。買い物にも出ませんし、誰にも……」

　彼女の眉がわずかに変化した。なぜそんなことをきくのかという不快感なのか、それとも隠しごとがあって、そこを衝《つ》かれまいとしたからだろうか。

「あなたは宮沢さんと、どのぐらいのあいだお付き合いしていましたか？」

「三年ぐらいです」

　彼女の声は細くなった。

「あなたが、白馬Tホテルに勤める前からですね？」

「半年ほど前です」

「それまであなたは、どちらに？」

「松本にいました」

　ホテルのバーなどの専属でなくて、パーティーや催事のさい、その会場へコンパニオンとして出る仕事をしていた。派遣会社に所属して五年あまりになるといった。

　宮沢と最初に会ったのは、パーティー会場だったという。

「三年近くお付き合いしていたのなら、宮沢さんの個人的なことをよく知っていたでしょうね？」

「詳しく知っていたかどうかは分かりません」

「宮沢さんは、間違いなく殺された。殺される原因についての心当たりはありませんか？」

「まったくありません」

「殺人というのは、タダごとではない。殺すほうも殺される側もね。宮沢さんが、誰かに深い恨みを持たれていたことも考えられます。あなたはそれを感じたことはありませんか？」

「わたしは、ごくたまにお会いするだけでした。……奥さまはなにかご存じではないでしょうか？」

「あなたは、宮沢さんの奥さんに会ったことがありますか？」

「いいえ」

「奥さんは、あなたと宮沢さんの間柄を知っていたでしょうか？」

「知られたと、あの方がわたしにいったことがありました」

「娘さんたちも、知っていたでしょうね？」

「それは分かりませんが……」

たぶん知られていただろうというういい方をした。

「刑事さんは、あの方の奥さまから、わたしのことをおききになったのではないのですか？」

「奥さんも娘さんも、宮沢さんとあなたのことは話してくれなかった。私たちは宮沢さんの身辺のことを調べているうち、他人から耳にしました。あなたとのことは、何人かに知られているようです」

靖子は目を伏せた。

彼女は、宮沢との関係を後悔しているのだろうか。

道原は、靖子が歳の離れた宮沢をなぜ好きになったのかを知りたかった。男女のあいだには、年齢の差はないといわれるが、彼女の容貌なら、釣り合いのとれた男性と恋愛する機会はいくらでもありそうな気がする。

宮沢との出会いは、コンパニオンをしている彼女を見初め、会う機会を設けたということか。

道原は話していて、靖子の答えに歯切れの悪さを感じた。

列車の車掌は、車内で宮沢と話していた女性は靖子とは雰囲気が違うといっていた。それは、昼と夜の差であり、普段着と外出の服装との差であって、別人に見えたのではないだろうか。

事件とは関係がないという結果になるかもしれないが、道原は靖子の経歴や身辺をもっと詳しく知りたくなった。

彼女にはどこか翳りがある。そこがこの女性の魅力なのだろうが、それは無関係な者の勝手な受け取り方であって、彼女には陽に晒《さら》さない陰の部分がありそうにも思われた。

5

蝶沢村を訪ねた。

豊科署から車で十分ぐらいのところに役場がある。役場に隣接して、村の歴史民俗資料館と、同村出身で、作品によって安曇野を紹介した文学者の記念館があった。小学校と中学校は三〇〇メートルほど離れていた。

宮沢の実家は、中学校に近かった。現在は彼の兄の一夫が農業を手広くやっている。リンゴ園の面積は村内最大という。

豊科側から蝶ヶ岳《ちょうがたけ》や常念岳《じょうねんだけ》に登る人は、須砂渡《すさど》渓谷に沿って三股《みつまた》まで車で入る。そこから蝶と常念への登山道が左右に岐《わか》れている。蝶へは約五時間、常念へは約五時間半の歩程だ。

役場で、宮沢と小学校が同期だった人をさがしてもらった。

矢崎《やざき》という総務課長が同級生だった。彼は中学も宮沢と一緒で、松本市の高校にも同時に入り、比較的仲よしだったという。

　矢崎は大柄だった。陽に焼けた顔をしていた。彼は昨夕、小谷村の宮沢の自宅へ通夜に行ってきたという。

「きょうの葬儀にも出たかったんですが、村の会議をはずせなかったものですから」

　蝶沢小学校を昭和三十年に卒業した人は、男女合わせて約八十人いるという。そのうち村内にとどまっているのは約二十人。周辺の市町村に約二十人が住んでいるということだった。

「矢崎さんは、最近、宮沢さんにお会いになっていましたか？」

　道原は、役場の応接室に通されてきいた。

「一か月ばかり前に会いました。宮沢君が実家に用があってきたついでに、ここへ寄ってくれました」

　矢崎は、タバコを吸いながら答えた。

「どんな話をされましたか？」

「長野オリンピックが決まってから、スキー客が増えたし、夏場に遊びにくる人も急増して、今年の夏も忙しかったといっていました。彼のペンション経営は、先見の明というわけです。子供のころから頭がよかったですからね。事業についての目のつけどころが違うようです」

矢崎は宮沢の通夜の席で、久しぶりに東京の菅沼と戸塚にも会ったが、二人とも宮沢の事業手腕をほめたし、今回の事件に遭遇したのを残念がっていたという。

「最近も、この村に残っている同期生と交流がありましたか？」

「交流があるといったら、宮沢君の親戚に当たる久保田《くぼた》君と私ぐらいなものだったと思います」

久保田は親の代からの農業を継いでいるという。彼は昨日通夜に出て、小谷へ泊まり、きょうの葬儀に参列しているはずだと、矢崎は話した。

「宮沢さんの実家は、以前から裕福だったそうですね？」

「ええ。村の有数の農家です。山林も所有していて、豊科や松本の製材業者との取引きがありました。お父さんの兼雄さんは、自宅の近くで製材所を経営しようと計画したこともありました。普通の農家のおやじではなく、なかなかのやり手でしたからね」

「事業家という意味ですか？」

「私の家なんかと違って経済力がありましたから、いつも事業のことを考えていたようです。女性関係のほうも発展家でした」

矢崎は、目を笑わした。

「ほう。どんな女性と関係があったんですか？」

「一時《いっとき》、浅間《あさま》温泉の芸者を身受けして、囲っているという噂が立ちましたし、飯田市《いいだ》で見初めた人を松本へ呼び寄せたという話もきいています」

「それでは、他所に子供がいたのではありませんか？」

「そういう噂もききましたが、私はそこまでは知りません。兼雄さんは四年前に亡くなりました。そのとき、遺産のことでひと悶着《もんちゃく》起きるんじゃないかという人もいましたが、通夜や葬儀の席へ、じつは兼雄さんの子だなんていって突然現われた人は、いなかったようです」

そのとき村人は、宮沢家にひと騒動起きるのを面白がって見ていたのではないか。

兼雄のことなら、彼の弟が詳しい。定雄《さだお》といって、いまも健在でいるという。

矢崎は、宮沢定雄の家への地図を描いた。

「定雄さんは、きょうは小谷へ行っているでしょうね？」

道原がきいた。

「きのうのお通夜にきていなかったので、どうしたのかと、定雄さんの息子にききましたら、何日か前に足に怪我をして、家で寝《やす》んでいるといっていました。耳は少し遠くなりましたが、最近も畑に出ています」

道原と伏見は、定雄を自宅に訪ねることにした。

定雄の家は、宮沢種継の実家とは二〇〇メートルほど離れていた。瓦葺《ぶき》の二階家を生垣が囲んでいた。構えは種継の実家よりやや小さいが、手入れの行き届いた庭があった。

家には定雄と孫娘がいた。孫娘は、怪我をしている定雄のために小谷村へ行かず家に残っていたようだ。

矢崎にきいてきたとおり、定雄は大きな声で話さないと通じなかった。

道原は、おもに兼雄の女性関係をきいた。

定雄の話を総合すると、兼雄には愛人が二人いたが、いずれともきれいに手を切って、悶着は起きなかったという。

兄のことであるからか、定雄の話し方は奥歯に物がはさまっているようで、気になるところがあった。知っていることは多いが、いまはいえないと肚《はら》の中でいっているようにきこえた。

道原は、兼雄には世間に知られたくない恥部があったらしいと感じた。やはり聞き込みをするには他人がよい。身内だときくほうも突っ込みが弱くなる。

それと定雄は、肝腎なことになると、きこえぬふりをしているようだった。そこにも疑惑が残った。

宮沢の同期生だった久保田の家へ寄った。

この家も農家だった。耕作は夫婦でやっているという。

家には久保田の妻がいて、夫は間もなく帰宅すると答えた。小谷での葬儀がすんだのだ。

三十分ぐらいすると家の前へタクシーが着いた。久保田が帰ってきた。背の高いひょろりとした男だった。

「葬儀は、どうでしたか?」

道原は、座敷で久保田にきいた。

「立派な葬式でした。会葬者も大勢でした。二人の娘が哀れで、私は見ていられませんでした」

久保田にも立子や惇子と同じぐらいの歳の娘があるのだった。

久保田は、刑事が目を見張る話をした。

昨夕、通夜にきていた一人の男が、一昨日《おととい》、列車内で宮沢を見掛けたと話した。その男がいうには、グリーン車の宮沢は男と短時間話していたというのだ。

気になる情報だが、道原は首を傾げた。車掌は、白馬、信濃大町間で、宮沢の座席の脇に立って彼と会話している女性を見たといった。それで昨夜、喫茶店で大島靖子をじっくり観察してもらったのである。

「宮沢さんを車内で見たといったのは、どこの誰ですか?」

道原はきいた。

「私の知らない人でした。宮沢君の近所の人じゃないでしょうか？」

道原と伏見は、その話をメモに取った。

通夜か葬儀に出た人たちにきけば、その目撃者が分かるだろう。

久保田は、宮沢の父兼雄にまつわる噂の真相を知っていた。

6

宮沢兼雄、定雄兄弟は無類の女好きだった、と、久保田は話し始めた。

兄弟は結婚前、そろって松本の浅間温泉へ遊びに出掛けていた。おたがいに贔屓《ひいき》の芸者がいたらしい。

出掛けるときは一緒だが、帰りはべつべつだった。

兄の兼雄のほうが弟よりも放蕩《ほうとう》は一枚上で、どこに泊まるのか、二、三日帰らないことはたびたびだった。

兼雄が幾日も帰ってこないことがあると、兄弟の母親は気にして、定雄を迎えにやった。

兄を迎えに行ったはずの定雄もその日に帰らず、どこかで一泊してくるというありさまだった。

金に困らなかったからか、二人の父親は子供の女遊びを厳しくとがめなかったようである。

そのうち兼雄は、芸者と一緒になりたいと両親に告白した。これには父親は反対した。遊んでいるうちは寛大にふるまっていた父親も、総領の妻帯となると、甘い顔をしていられなかったらしく、「その芸者と手を切って、堅い家の娘をもらえ」と兼雄にいった。

芸者と手を切る話し合いには、久保田の祖父がその役を任された。まとまった金をあずかって行って、後くされのないように話をつけてきたということだった。

兼雄は、穂高町の農家の娘を妻に迎えることになった。父親の勧める縁談だったのである。

結婚すると兼雄の放蕩はやみ、浅間温泉へは出掛けなくなった。子供が生まれた。

定雄も妻を迎え、田畑を分け与えられ、別家として独立した。

兼雄は三人子供をもうけた。

兼雄の長男一夫が成人に達したころだったか、兼雄は仲よしの何人かと飯田市へ旅行した。天竜川《てんりゅう》で舟下《くだ》りを楽しんだりし、飯田市の旅館に泊まった。が、そこで働いていた女性に一目惚れした。

月に一度ぐらいのわりで、兼雄は飯田に行き、旅館で働いていた女性と親しくなった。

勿論《もちろん》、妻には秘密にしていたが、その女性を松本へ呼び寄せ、一軒家に住まわせることになった。

兼雄らの父親はそのころに没した。母親も二、三年して後を追った。

「飯田から呼んだ女性は、それはきれいな人だったそうです」

久保田は、父親からその話をきいていたという。

久保田の父親は昨年死亡したが、生前、兼雄や定雄とは親しくしていた。おたがいに酒が好きで、しょっちゅう寄り集まっては飲んでいたという。

「飯田から呼び寄せた人とは、どうなったんですか？」

事件とは無関係のようだったが、道原はきいた。

「その女性は子供を産んだということでしたが、どうなったんでしょうね。おやじからきいたと思いますが、よく覚えていません」

「子供が生まれたのは、どのくらい前のことですか？」

「もう三十年はたっていると思います」

「兼雄さんの子供でしょうから、彼が認知しているのでは？」

「そうでしょうか？」

久保田にははっきりとした記憶がないらしい。

「兼雄さんが亡くなったとき、その女性はどうしたんでしょうね？」

「そのころは、とうに別れていたんです。別れた原因は知っています」

「どういうことでしたか？」

「また浅間温泉の芸者とできたんです」

「前の人ではない？」

「ええ。べつの人です。その人とも切れたということでした」

久保田は、父親が遺した物があるといって立って行った。

隣室でコトコトと音がしていたが、彼は漆塗りの文箱《ふばこ》を持って戻った。父親が書きとめた物があるというのだ。

「兼雄さんが最後に付き合っていた芸者は、『勝駒《かつこま》』という芸名でした。現在はどうしているのか分かりません。もう五十代だと思います」

「飯田から呼んだ女性のことは、載っていませんか？」

道原は、久保田の手元に首を伸ばした。

「ありました。大島ちえという人です」

「大島……」

道原はつぶやいた。殺された種継と交際していた靖子と同じ姓だからだ。

「大島ちえさんの当時の住所が書いてあります」

久保田はそういって、松本市内の住所を読んだ。

道原と伏見は、それを控えた。

「大島ちえさんが産んだのは女の子でした。出産は昭和四十年とありますから、子供はいま三十一歳ですね」

この年齢も靖子と合っている。

「大島ちえさんは、その後どうしたのか分かりますか」

「浅間温泉の勝駒さんとできたことで、別れたんじゃないかと思いますが、そのことはこれには書いてありません」

久保田は、父親の遺した物を封筒に収めた。

道原と伏見は、礼をいって久保田家を後にした。

久保田から思いがけない話がきけた。

殺された宮沢が、車内で男と立ち話していたという。車掌が検札のときに見たのは女性だった。その女性が去ってから男が宮沢の姿を認め、座席に寄って会話したということなのか。

この女性と男を、なんとしても見つけ出さなくてはならない。二人とも事件と深くかかわっているように思われるからだ。

久保田の話でもうひとつ気になるのは、兼雄が愛人にしていた大島ちえという女性のことだ。彼女は女の子を産んだという。兼雄の子なら彼は認知していただろう。種継とは異母兄妹ということになるのだが。

ふたたび役場へ寄った。兼雄の戸籍簿を閲覧した。だが、大島ちえの名もその子についての記載もなかった。

大島ちえが住んでいた場所を訪ねた。市の中心地の北側に当たるやや高台である。比較的新しい住宅が密集していた。そのうちで古くから住んでいる家を見つけた。

六十歳ぐらいの主婦が出てきた。

近くに大島ちえという人が住んでいたが、覚えているかときくと、

「どうぞお入りください」

と、主婦はいった。知っているということなのだ。

道原と伏見は、古い家の上がり口で座布団を勧められた。

「大島ちえさんは、わたしどもの家作《かさく》に住んでいたんです」

主婦は、いい話し相手がきてくれたというように、笑顔で答えた。

「飯田からきたということでしたが？」

「そうです。いまから三十六、七年も前のことですが、飯田から初めて松本へきたということでした」

主婦は、大島ちえが松本へきた経緯を知っていた。宮沢兼雄に惚れられ、彼の愛人になって、彼が借りた一軒家に住んでいたことをよく覚えていた。

「ちえさんがここへきたときは二十歳ぐらいでした。古い貸家でしたが、きれいに使っていました」

「ちえさんは、松本へきてからなにをしていたんですか？」

「どこにも勤めていませんでした。古いいい方をすれば二号さんです。宮沢さんがこられるのをいつも待っていたようです。ここへきてからされいになりましてね。買い物なんかをしていると、大勢の人がちえさんを見ていました。おとなしくて優しい性格の人でした。ただ、からだがあまり丈夫でなく、よくお医者通いをしていました」

「女の子を産んだということですが？」

「病院で産みました。とても難産だったということです」

主婦は、急に眉を曇らせた。

「宮沢さんの子だったんでしょ？」

「それが問題だったんです」

「問題といいますと？」

道原はつい膝を乗り出した。

「ちえさんがここに住むようになって四、五年したころでしたか。どうしたわけか、宮沢さんがあまりこなくなりました。その間にちえさんが妊娠したということでした」

「ちえさんには、好きな男性ができたというわけですね？」

「それがはっきりしません。ちえさんはそんな浮気をするような人ではないと、わたしたちは見ていました」

「宮沢さんは、ちえさんの産んだ子を、認知していませんが」

「宮沢さんとちえさんの間でモメたのだと思います。ちえさんは宮沢さんの子供を主張したのに、宮沢さんが認めなかったんでしょうね。ですから靖子ちゃんは、父親のいない子になってしまったんです」

「ちえさんの産んだ子は、靖子という名ですか？」

主婦はうなずいた。

宮沢種継の愛人だった靖子に違いない。彼女の母親は、宮沢の父親兼雄の愛人だった。靖子がもし兼雄の実子だったとしたら、種継とは異母兄妹ということになる。

そういうことを、種継は知って靖子と交際していたのか。靖子のほうはどうだったのか。

「ちえさんは、女の子を産んだあとどうしましたか？」

「靖子ちゃんが、小学校へ上がる少し前までここに住んでいましたが、新村《にいむら》駅の近くに引っ越しました」

新村駅というのは松本電鉄上高地線である。

主婦は気の毒に思って、母娘の引っ越し先を訪ねたという。

「ここでは家賃の負担が大変ということで移転したんです。農家の離れのようなところを借りていましたが、ひと間きりの粗末な家でした。引っ越す前、宮沢さんと正式に別れ、仕送りが絶たれたんじゃないでしょうか」

久保田の話だと、兼雄には浅間温泉に新しい恋人ができたということだった。ちえと別れることになったのは、兼雄の心変わりが原因だったのではないか。

靖子は小学校に通っていたが、ちえは病床に伏す日が多くなり、ついには病院で死亡した。靖子が小学二年生ころだったという。

「大家さんがいい人でして、一人きりになってしまった靖子ちゃんを、自分の子供のように面倒をみていました」

「ちえさんには、身寄りはなかったんですか?」

「飯田市の近くに、お姉さんと弟さんが、所帯を持っていたということです。お二人とも経済的に楽でなかったとみえて、靖子ちゃんを引き取るといわず、児童施設にあずけるといったんです」

「あずけましたか?」

「ちえさんに家を貸していた大家さんは、ちえさんのお姉さんのいうとおりにしたんですが、二か月か三か月で、靖子ちゃんは児童施設を出てしまいました」

「どこへ行ったんですか?」

「大家さんのところへ帰ってきてしまいました」

その後靖子は、中学を出るまで大家の家族とともに生活した。高校へ進んだということだったが、それ以降の消息はきいていないと、主婦は語った。

道原は、白馬Tホテルで借りた大島靖子の写真を、主婦に見せた。

「まあ、こんなに……」

写真を手にした主婦は声を震わせた。

「子供のころのおもかげがありますか?」

「子供のころもお母さん似でしたが、この写真、ちえさんにそっくりです」

ちえも細身で、背は高いほうだったという。

大島ちえの娘の靖子が、宮沢種継と交際していた靖子と決まったわけではなかったが、いまの主婦の一言で、同一人物であることが、ほぼ確実になった。

道原は、すぐにも靖子に会って、話をききたかった。

7

日が暮れると風が冷たくなった。高い山では雪が降っていそうである。

伏見が運転する車の助手席で、道原は靖子の少女時代を想像した。孤独な彼女は、なにを考え、どこを見て成長したのだろうか。

新村駅の近くに着いた。新島々《しんしましま》から松本へ向かう二両連結の電車が通った。

靖子が少女時代を過ごした家はすぐに分かった。清水《しみず》という農家だった。この家もリンゴ園を経営しているらしかった。

声を掛けると、帽子をかぶった男が、物置小屋から顔を出した。それが主人だった。

「警察の人……」

清水は、首に巻いていたタオルで手を拭った。

「こちらに世話になっていた、大島靖子さんのことを、伺いにきました」

道原がいうと、

「靖子ちゃんのことを……」

清水は目を丸くして、二人の刑事を座敷に上げた。

清水は六十歳ぐらいだった。細君は夕食の仕度に台所に立っていたようだが、出てきてお茶を淹《い》れた。

「靖子ちゃんに、なにがあったんですか?」

主婦は眉間をせまくした。

靖子の少女時代のことをききたいと、道原はいった。

「うちにいましたから、よく知っています」

夫婦は並んだ。

台所では物音がしている。娘か、息子の妻がいるのではないか。

「ちえさんは、男に棄《す》てられ、靖子ちゃんを抱えて、うちの離れに入りました。離れといっても物置に使っていたところです。どんなところでもいい。二人が暮らしていければというものですから、少しばかり手を入れて、住んでもらうことにしました」

清水は、二十数年前のことを思い出してか、遠くを見る目になった。

「こちらへは、男の人は見えなかったんですね?」

「きません。ちえさんの相手の男はどう思っていたのか、靖子ちゃんを自分の子供と認めなかったということですし、別れるとき、大した金もくれなかったんじゃないかと思います」

「ちえさんが亡くなると、児童施設に入りました。ちえさんが死んだことを知って飯田から姉さんと弟さんがきましたが、靖子ちゃんを引き取ることはできないといって、姉さんが市役所へ行って、子供をあずかってくれる施設をさがしてきました。なんだか愛情の薄い姉妹のようでしたよ」

「いったん入った施設から、靖子さんは抜け出してきたということですが？」

「ちょうどいまごろでした。常念や蝶が、白く見え始めたころでしたから」

細君は目をうるませ、口に手をやった。

夜中に犬があまり吠《ほ》えるので、外へ出てみると、離れの軒下に白い物が見えた。ライトを持って近づくと、白っぽい物を着た靖子が、うずくまっているのだった。

「わたしたちは、靖子ちゃんに悪いことをしたと思いました。家族のようにしていたのに、お母さんが亡くなると、施設に入れたりしたんですから。主人と一緒に、靖子ちゃんに謝りました。施設にいるのがよほど嫌だったんです」

それ以降は、清水家の家族同然の生活をし、中学を卒業した。清水家には靖子とそう歳の違わない娘と息子がいた。その子供たちとは仲よくして育ったのだという。

靖子は、中学を卒《お》えると働くといったが、清水夫婦は高校へ進むことを勧めた。

「高校二年のときでした。靖子ちゃんがアルバイトをするといい出しました。うちの子たちにもアルバイトを禁じていましたから、働く必要はないといったんですが、働いて独立するといってきかないんです。高校の先生も、女生徒のアルバイトはよくないと説得してくれましたが、靖子ちゃんは、アルバイトがいけないのなら、学校をやめて働くといい張りました。それをきいた主人が、靖子ちゃんの頭に手を上げたんです」

細君は目を押さえた。

殴られた靖子は、部屋にこもって夕飯になっても出てこなかった。その彼女に対して清水は、追い撃ちをかけるように、「いうことをきけない子は、家を出て行け」といってしまった。

次の朝、靖子は登校の服装で出掛けたが、夜になっても帰宅しなかった。清水夫婦は、高校の担任教師に連絡し、警察に相談した。警察では捜索を始めるといった。

翌日だった。靖子は昼間、清水家へやってきた。学校を無断欠席したのだ。アルバイト先が宿舎を見つけてくれたからそこへ移ると、彼女はいった。腹を立てた清水は彼女と口を利かなかった。彼女は高校を中退して働くといって、細君の反対をきかなかった。

「靖子さんは、こちらを出て行ったんですね?」

道原は、苦い物を噛《か》んだような夫婦の顔にきいた。

「あの子は、布団を自転車に乗せて運ぼうとしたんです。自転車の小さな荷台に、布団がのるわけがありません。そこへちょうど、主人の弟がきて、車に靖子ちゃんの荷物を積んで行きました」

「彼女は、どんなところで働くつもりだったんですか？」

「お城の近くのレストランです。その店には女の子が二人働いていました。店の裏に、従業員の住まいがありました。そこへ入ったんです」

「高校を中退したんですね？」

「やめました。担任の先生には自分の考えをはっきり話したということでした。わたしたちは、うちの子と靖子ちゃんを、同じように扱ってきたつもりでしたが、あの子には分かってもらえなかったようです」

　細君は、また目を押さえた。

「靖子さんは、あなた方の親切を理解していたと思いますよ。常軌を逸したようなことでもしないと、こちらを出られないと考えたんじゃないでしょうか」

　道原はいった。

　清水は下を向いてタバコを吸い、小さくうなずいた。

　細君は、強がりをいって出て行った靖子が気になって、彼女の宿舎へ会いに行った。不自由なことはないかときいたが、彼女は首を横に振るだけだった。

　清水の娘が、靖子に会いに行った。すると娘に対して靖子は、「ご免ね」と謝ったという。

「その後、靖子さんはこちらへは?」

「出て行ってから初めてきたのは、成人の日の朝でした。雪が降っていたのに、自転車に乗ってきて、『これから成人式に行きます』って、玄関でいいました。新しい服でも着て行くのかと思ったら、セーターにジーパンだったんです。うちの娘は一年早く成人になっていて、そのときの晴れ着があったものですから、着るようにといったんですが、これでいいといって……。主人は成人になった靖子ちゃんに、お祝いの言葉でも掛けてやればいいのに、顔も見てやらず、この部屋で泣いていたんです」

細君の話に照れてか、清水は横を向いた。

それからの靖子は、年に一度ぐらいのわりで清水家へ顔を出すようになった。いつやってきても彼女の服装は変わっていなかった。店では制服をくれるから、服装に金はかからないといっていた。
二十四、五になったとき、靖子は珍しく、清水に相談したいことがあるといって現われた。
母親の墓をつくりたいというのだった。

「そういうことなら、おじさんに任せろ」

清水はいって、自分の家の菩提寺《ぼだいじ》に掛け合って、墓を安く確保した。墓石も建てた。靖子が生活を切りつめてたくわえた金で、立派な墓ができたという。

「靖子さんは現在、べつの仕事をしていますが、それはご存じですか？」

「レストランをやめたといって、ここへきました。アパートを借りたし、やっと独立できた気がするといっていました。……あ、そうそう。それは父の日でした。主人に、少し派手な色のシャツを買ってきてくれました。主人はそのシャツが気に入っていて、いまでも着て出掛けることがあります」

「よけいなことを、いうな」

清水は、また横を向いた。

「靖子さんは、最近もこちらへは顔を見せますか？」

「二年ばかり白馬へ行っていましたが、松本へ戻ったといって、五月ごろきました。顔がお母さんに似てきましたし、なんとなく暗い感じがするようになりました」

細君が、なにかあったのかときいたが、靖子は変わったことはないと答えたという。

靖子はいまも、月に一度は母親の墓参りをつづけているという。

「靖子さんは、父親を知っているんでしょうか？」

「どうでしょうか？」

細君は夫にきく目をした。

「ちえさんが話していたかどうか？」

清水がいった。

ちえが話さなくても、靖子が父親のことを知りたいと思えば、前に住んでいた借家の大家にきけたのではないか。

道原は、靖子の写真を夫婦に見せた。宮沢種継と交際していた大島靖子であるかどうかを、確認するためだった。

「元々器量よしだけど、こういう恰好《かっこう》をすると、別人みたいにきれいですね」

夫婦は、すっかりおとなの女になった靖子の写真に見入っていた。

8

「大島靖子を、どう思う？」

清水家を出て車に戻ると、道原は伏見の横顔にきいた。

「彼女の母親のちえが、靖子に父親のことを話していたかどうかですね」

「ちえが死んだとき、靖子は九歳だった。父親のことを話しても、ある程度理解できる年齢だったんじゃないか」

「靖子の父親が宮沢兼雄だったとしたら、彼女は兼雄の息子の種継を、どう見ていたでしょうね？」

伏見は、ハンドルに両手を置いて上のほうを見ている。

母に対して冷たい態度を取った兼雄を、靖子は恨んでいたろうか。恨んでも、恨みを晴らす方法が子供の彼女には浮かばなかった。その恨みは長じても消えなかった。やがて知り合うことになった兼雄の息子の種継を、宿怨の対象にしたという見方もできるのではないか。

「もう一度、会うか」

道原も車の中から空を仰いだ。星がなかった。どこか翳りのある靖子の顔を思い浮かべた。

「母親の愛人だった兼雄の子が、種継であるのを知っていたかどうかは、重要です」

伏見は決断するようにいった。

「よし。会うことにしよう」

車は広い道路を左折した。スーパーマーケットの前に公衆電話が見えた。

靖子はホテルのバーへ出勤していた。

昨夜の喫茶店で、十一時過ぎに会うことにした。生い立ちや、少女時代を知ったうえで会う彼女が、昨夜とは別人に見えそうな気がした。

捜査本部にも電話を入れた。道原は四賀《しが》刑事課長に、靖子の過去を説明した。

「気になる女性だねえ」

課長はいった。

靖子は、昨夜と同じ時刻に喫茶店に現われた。今夜はデパートの紙袋を提げていなかった。清水夫婦の話をきいたせいか、道原はつい彼女の服装に目がいった。ジャケットは昨夜と同じだが、パンツは黒だった。バッグはきのうと変わっていなかった。

「疲れているだろうに、悪いですね」

道原がいうと、彼女は黙って首を横に振った。もともと濃い化粧をしないのか、素顔を見ているようである。

「あなたにとっては、嫌なことをきくことになりそうですが、勘弁してください」

彼女は、伏せていた目をちらっと上げた。表情が身構えている。

「あなたは、お父さんのことを知っていますか？」

どきりとしたのか、眉根を動かした。何呼吸かついてから、

「はい」

と、低い声でいった。

「お母さんから、はっきりききましたか？」

「ききました」

「どなたですか、お父さんは？」

「申し上げなくてはいけませんか？」

「いいにくいでしょうが」

「なぜ、父親のことまで申し上げなくてはならないのですか？」

「あなたが、宮沢種継さんと親しくしていたからです」

「宮沢さんと、わたしの父親とは無関係という気がしますが」

「私たちは、あなたのお母さんと、宮沢さんの父親の兼雄さんが、親しかったのを知りました。それをあなたも知っていたでしょうね？」

彼女はまたしばらく黙っていたが、母からきいたと答えた。

「お母さんは、兼雄さんを恨んでいたでしょうね？」

「母が死にぎわに、詳しく話しました」

「あなたは、たしか九歳だった。お母さんの話したことを、よく覚えていますか？」

「覚えています。母が、父のことを初めて話したとき。わたしは、同じことを何回もききました。ショックを受けましたし、理解できないことばかりでしたので、分かるまで繰り返しききました。子供心に、しっかりと胸に刻んでおかなくてはならないことだと思ったようです」

「お母さんは、あなたの父親は、宮沢兼雄さんだと、はっきりいったんですね？」

「はい。宮沢兼雄の住所も、そこへの地理も書いてくれました」

「それを、あなたはいまも持っていますか？」

「大切にしまっています。母の遺言と思っていますから」

「お母さんは、兼雄さんを、恨んでいましたか？」

道原は、もう一度尋ねた。

「蝶沢へ押しかけて、殺してやりたいと何度思ったかしれない、といっていました」

靖子は、下唇をきつく嚙んだ。

「兼雄さんは、なぜ、あなたを自分の子と認めなかったのかを、お母さんは話しましたか？」

「母を疑ったそうです。わたしを身籠るころ、父はめったに母のところへこなかったそうです。ですから、自分の子供ができるわけがないと、そういったということです。母は悔しがっていました。兼雄さん以外の男性を知らなかったのにといって」

「結果的には、お母さんは兼雄さんに棄てられたわけですね」

「そのため、母はわたしを抱えて、悲惨な暮しをすることになりました」

「あなたも、苦労しましたね」

「小学校でも中学でも、わたしはよくいじめられました。刑事さんは、わたしの過去を、新村の清水さんからおききになったのだと思います。清水さんが、実の子供のようにわたしを可愛がってくださらなかったら、わたしは生きていなかったでしょう」

自殺していたというのだろうか。

「お母さんから、兼雄さんのことをきき、住所も知ったあなたは、蝶沢村の兼雄さんの家へ行きましたか?」

「高校を中退して、就職してから行きました」

「兼雄さんに会いましたか?」

「家を見ただけです。なんといって訪ねればいいか分かりませんでしたので、誰にも会わずに帰りました」

「兼雄さんの姿を見ましたか?」

「あの人の家の近くの道で、すれ違いました」

「兼雄さんだと分かったんですね?」

「母のアルバムにあった兼雄さんを見ていましたので、すぐに分かりました」

「兼雄さんは、あなたを見て、なにかいわなかった?」

「ちらっと見ましたが、ちえの子とは気づかないようでした」

「宮沢家を見に行ったのは、一度だけ?」

「はい」

靖子は、コーヒーに手をつけず、唇を湿らせるように水を飲んだ。

「種継さんに最初に会ったのは、パーティー会場ということでしたね。そのとき、彼が兼雄さんの息子さんということが分かりましたか?」

「知りませんでした」

パーティー会場で靖子を見た宮沢は、彼女の連絡場所をきいた。彼女は所属している会社を答えた。

数日後、彼は会社に電話してきた。彼女は仕事のことかと思い、松本市内で彼と会った。彼は小谷村のペンションの名刺を出した。コンパニオンを頼むことがあったらきてくれるかと彼はいった。彼女は応諾した。

また数日後、彼は会社に電話してきた。二回目に会ったとき、彼は蝶沢村の出身だといった。

それをきいた彼女は、彼の家のことをそれとなく尋ねた。話をきいているうち、彼が兼雄の次男であるのを知った。

宮沢のほうは、彼女の氏名を知っているのに、なんの反応も示さなかった。

「宮沢さんのお父さんは、なにをなさっていらしたんですか?」

靖子が種継にきくと、蝶沢村で農業だったが、約一年前に死亡したと語った。

彼女は宮沢の表情を観察していたが、彼は自分の父親と彼女の母親が、愛人関係にあったことも、二人のあいだに子供があったことも知らないようだった。兼雄は息子たちに、ちえのことを話さなかったし、知られないようにしていたのだろうと受け取った。

「種継さんが、あなたのお母さんを棄てた男の息子と知って、どんな感情を持ちましたか？」

道原はきいた。

「運命の皮肉のようなものを感じました」

「それだけ？」

「それだけです」

「種継さんとあなたは、二十歳以上離れているが、兄妹でしょ。もっとべつな、なんというか複雑な感情を抱いたように思いますが？」

「気持ちはたしかに複雑でした。その夜は、母を思い出したりして、眠れなかったのを覚えています」

「兼雄さんの心が、あなたのお母さんから離れたため、あなた方母娘は苦労した。そのことを、兼雄さんの息子さんたちは知らないようだった。父親は同じなのに、境遇に差があり過ぎると思えば、恨みの感情が湧いてきたのでは？」

「ずっと前は、そういう気持ちでしたが、三年前は、わたしもおとなの仲間入りをしていましたし、母もわたしも、生まれながらに、運命というものが定まっていたのだと思うようになっていました」

彼女の話をききながら、道原は、「そうかな？」というふうに首を傾げて見せた。

が、彼女は道原の表情を見ていなかった。

「宮沢さんと知り合うきっかけは分かりましたが、あなた方の仲は、男女関係に発展した。それはどうしてですか？」

「宮沢さんがわたしを、好きだといってくださったからです」

「あなたは、兼雄さんの子供と信じていたんでしょう？」

「はい。母からきいていましたので」

「種継さんに、好きだといわれても、彼が異母兄ということで、躊躇《ちゅうちょ》するか、お母さんと兼雄さんとの関係を話しそうなものですが？」

靖子は目を伏せ、道原の疑問に答えなかった。

道原は、宮沢に対して真の愛を感じていたかときいた。

靖子は、小さくうなずいた。そのうなずき方が、道原には曖昧に映った。

「あなたと宮沢さんの関係は、愛情だけでしたか？」

「と、おっしゃいますと？」

「たとえば、経済的なものが介在しなかったかという意味です」

「お金をいただいていました」

靖子は、わりにはっきりといった。

道原は、二、三分、口をつぐんでいたが、

「あなたには、宮沢さんと知り合う前、恋愛経験があったでしょうね？」

「いいえ」

彼女は、素っ気のない答え方をした。

「信じられない。……男性から、愛の告白を受けたことはあったでしょう？」

「ありません」

この答えも道原は信じられなかった。

彼は、宮沢と別れることになったいきさつを尋ねた。

「宮沢さんにも、わたしにも、緊張感がなくなりました」

「おたがいに愛情が薄くなったということですか？」

「白馬にいるころですが、わたしに彼を待つ気持ちが薄らいできたのを知りました。そのことが彼にも通じたらしく、当時よりもお会いする頻度が少なくなりました」

「最後に会ったのは、今年の七月、松本のレストランということでしたが、はっきりと別れの宣言をし合ったんですか？」

「わたしが、『お別れしたほうが』といいましたら、宮沢さんは、『そうだね』といいました」

彼女は、商店街の灯が消え、すっかり暗くなった窓に目を向けて答えた。

「もう一度伺います。宮沢さんとお付き合いしている間、あなたは彼と、異母兄妹ということを打ち明けなかったんですね?」

「そのことに触れたことはありません」

そう答えた彼女の声は乾いていた。

道原は質問を終りにした。

彼女は、二人の刑事に頭を下げると、背筋を立てて去って行った。

9

道原は伏見に、今夜の靖子の話を信じるかときいた。

「ほとんど、嘘《うそ》だと思います」

靖子が宮沢と、男女関係を持っていたということと、宮沢が自分の父親と彼女の母親との関係を知らなかった点はほんとうだろうと、伏見はいう。

宮沢は、まさか彼女が異母妹とは知らなかったから、彼女の仕事にかこつけて何度か会い、口説いたものだろう。

彼女のほうは、初めは彼を異母兄と知らずに会ったが、話をするうち、それが分かった。そのあとは彼女に、もしかしたら復讐《ふくしゅう》の感情が燃え上がり、黒い意図を隠して、彼と交際していたように思うと、伏見は見方を語った。

「君は、宮沢を殺したのは、靖子と思うか?」

「五〇パーセントぐらい疑っています」

五〇パーセントは、靖子の心が読めないという。

道原にも、靖子の心が読めなかった。彼女は、殺人の被疑者にしては怯《おび》えているところがみられなかった。だが、臆するところがみられない点がかえって怪しい。犯行前から、疑われて刑事と相対《あいたい》することになっても、堂々としていようと、自分にいいきかせていたとも受け取れるのだった。

豊科署の捜査本部へ帰った。居残っていた捜査員に、大島靖子の過去と、彼女の話を伝えた。

「宮沢を異母兄と知っていながら、男女関係を持っていた点が、ひっかかりますね」

黒縁メガネの牛山《うしやま》がいった。

「宮沢と靖子には、男女関係がなかったんじゃないでしょうか?」

県警本部からきている吉長《よしなが》だ。

「靖子が白馬に住んでいたころ、その家へ宮沢は訪ねているんだ」

道原がいった。

「訪ねていても、男女関係があったとはいえませんよ」

吉長は疲れているのか、赤い目をしている。

「たしかに、男女関係があったという証拠はない。客観的にみて、誰もがそう判断しているんだ。靖子本人も、宮沢との男女関係を認めている」

「靖子のカムフラージュという疑いが持てますね」

「なんのため？」

「最終的に宮沢を殺すために、愛人関係を装っていたんじゃないでしょうか？」

「世間の目をごまかすためにか……」

「まさか、異母兄妹が愛人関係とは、誰もが考えないでしょうからね」

靖子には、宮沢が列車内で殺害された日のアリバイがない。勤務を休んで、住まいにいたと彼女はいっている。体調不良ということだったが、医者にも診せてもいないようだ。

いまのところ、靖子を追及する材料はないが、彼女は捜査圏内にいる人物である。


翌日、道原と伏見は、小谷村の宮沢が経営していたペンションを訪ねた。自宅はペンションの裏側にある。

車が二台とまっていた。葬儀はきのうすんだが、故人の関係者が訪れているらしい。宮沢の死亡を知ったのが遅くて、弔問がきょうになってしまったという人もいるだろう。

刑事の顔を見ると、宮沢の細君の弘美は、丁寧におじぎをし、ペンションの応接室へ案内しようとした。

道原と伏見は、宮沢の遺影に焼香した。「あなたはいったい、誰に殺されたのだ」と、道原は合掌して問い掛けた。

弘美に案内された応接室の窓枠に、後立山連峰が収まっていた。気のせいか、一昨日眺めたときよりも、稜線は白さを増したようである。

道原はまず、大島靖子を知っていたか、と尋ねた。

「どういう方でしょうか？」

「名前に記憶はありませんか？」

「きいたことはありません」

この前彼女は、主人には女性関係の噂はなかったといっていた。

「ご主人とお付き合いしていた女性です」

「えっ……」

弘美は目を逸《そ》らした。恥ずかしい噂が耳に入ったのかという顔をした。

「ご主人に、そういう人がいたのを、知っていたのではありませんか？」

彼女は、二、三呼吸間をおいてから、

「噂をきいたことはありますが、わたしは信じませんでした」

彼女は唇をわずかに曲げた。死んだ夫のことでも、女性の話は気持ちのいいものではないだろう。

「噂は、どんなふうにあなたの耳に入りましたか?」

「白馬のホテルに勤めている人ときいていました」

「それを、ご主人にいいましたか?」

「一度だけいいました。嫌な噂をきいたといって」

「ご主人は、肯定しましたか?」

「いい加減なことをいう人間はいるものだ。気にしないでくれ、といわれました。

……その女性が、なにか?」

「疑わしい点があるものですから、目下捜査中です」

「疑わしい点が……」

弘美は眉に変化を見せた。どうやら夫と大島靖子の関係を知っていたようだ。

道原は、きのうきいた久保田の話に触れた。

「宮沢さんは、列車内で、男の人と会話していたそうですが、その姿を見たといった人は、どなたですか。久保田さんは知らない人だといっていましたが?」

弘美は考え顔をしていたが、平岡《ひらおか》という人ではないかといった。平岡は大町市に住んでいて、浴衣やタオルを扱う業者だという。

弘美は平岡から、列車内で夫を見掛けたという話をきいてはいないが、通夜の席で久保田らと話していた姿を見ているといった。

久保田は、宮沢の近所の人ではないかといったが、その観測は違っていたのか。

道原らは、弘美に平岡の住所をきくと、大町へ走った。平岡商会はすぐに見つかった。

平岡は五十歳ぐらいだが、髪が白かった。

「私は、あの日、甲府へ行くために特急に乗りました」

「信濃大町からですか?」

道原がきいた。

「そうです。家を出るのが少し遅れて、列車が着くぎりぎりに、ホームに出ました。私が乗ったところはグリーン車でした。それでグリーン車の中を通って、自由席へ行こうとしたら、宮沢さんがすわっていました。私は宮沢さんに向かって頭を下げましたが、彼のほうは、脇に立っている人と話していて、私には気がつかなかったようでした」

「宮沢さんに、間違いないでしょうね?」

念を押した。

「お得意さんの顔を、間違えるようなことはありません」

宮沢の服装を覚えているかときくと、よく見たわけではないから、記憶していないといった。

「宮沢さんが話していたのは、男性だったんですね？」

「はい。中年の人でした」

「そこに女性はいなかったですか？」

「いいえ。男の人だけでした」

「白馬から信濃大町間で、宮沢さんは女性と話していたことが分かっています」

「そうですか。私が見たのは、間違いなく男の人です」

「中年ということですが、年齢の見当は？」

「宮沢さんと同い歳ぐらいだったと思います」

「体格はどうでしたか？」

「そう背の高い人ではありません。私より低いようでした」

平岡の身長は一七〇センチだという。

「太っていましたか、痩せていましたか？」

「特徴のない人でした。中肉といったところだったような気がします」

「服装を思い出してくれませんか？」

平岡は首を曲げた。思い出そうとしているようだが、記憶が鮮明でないらしい。

無理もないことである。まさかその列車内で、知り合いの宮沢が缶ジュースを飲んで死ぬなど、想像もしていなかったろうから、話していた男にも関心を持たなかったのだろう。

平岡は、男の服装は記憶にないといった。

どうやら彼が見掛けた男の服装には、際立った特徴がなかったのではないか。

宮沢と同年配ぐらいで、中肉中背というだけでは、その男を特定するのはきわめて困難だろう。

「あなたは自由席に移られてから、グリーン車の宮沢さんを見に行きましたか？」

「いいえ。週刊誌を読んでいるうちに、眠くなって、甲府に着く十分ぐらい前まで眠ってしまいました」

宮沢は、列車が穂高駅を通過するころ、苦しがり始めた。そして松本駅で降ろされ、待機していた救急隊によって病院に運ばれたのだが、すでに絶命していた。白由席の平岡はこれを知らず、週刊誌を読んでいたか、眠っていたのだろう。

宮沢の事件を知って、なぜすぐに警察に連絡しなかったのかと、道原は平岡をとがめた。

「私の見た人が、まさか事件に関係があるなんて思いませんでしたし、なんとなく警察に連絡するのが気後れしたものですから」

平岡は、白い頭に手をやった。

「あなたが目撃した人は、重要です。どんな些細《ささい》なことでも、思い出したら連絡してくれませんか」

道原は、意識的に平岡をにらむ目をした。

10

道原と伏見が、大町市の平岡を訪ねているころ、捜査本部に一件の通報が飛び込んだ。

十一月十九日、「スーパーあずさ10号」のグリーン車の座席にすわっている宮沢を、信濃大町駅のホームで認めたという電話だった。通報者の声は男だった。彼がいうには、宮沢の座席の脇に男が立っていて、彼は会話していたというのである。

電話を受けた係官は、宮沢と話していたのはどんな男だったのかを尋ねたが、通報者は、「男ということしか分かりません」と答えた。

列車が信濃大町に停車していたのは、わずか一分間である。その間に通報者はホームに立っていて、車内にいる宮沢と、会話している男を見たというのだ。係官は、その目撃者に会って話をききたいといったのだが、氏名をいわず、一方的に電話を切ってしまったのだった。

通報者は、ホームに立っていたら、グリーン車が目の前にとまったといった。その特急に乗車するつもりでホームにいたのか、誰かを見送るか、迎えに出たものだろう。

「通報してきたのは、駅務員ということも考えられる」

四賀課長がいった。

そこで、信濃大町駅に、宮沢種継を知っている駅務員がいるかを調べた。宮沢の家族に連絡して、駅務員に知り合いがいるかをきいたが、双方からは有効な答えは返ってこなかった。

この一件の通報によって、大町市の平岡の目撃談が裏付けられた。彼が列車内で宮沢を見掛けたのは事実であり、男と会話していたのも見誤りではなかろうということになった。

だが、宮沢に毒を混入した缶ジュースを与えたのが、白馬、信濃大町間に彼の脇に立って話していた女性なのか、信濃大町からその列車の通過駅である穂高間で話していた中年男なのかは判然としなかった。

家族は、缶ジュースなど宮沢は買わないといっているが、それは習慣からの見解であって、彼は自動販売機で買ったことも考えられた。現に彼が乗車した南小谷駅には、彼が飲んだのと同じ銘柄の缶ジュースが、自動販売機に入っているのだった。

車内販売では扱っていない銘柄だったことは、前に確認している。だから車外から持ち込まれた物であるのは明白である。


捜査本部は、宮沢種継の兄一夫を呼んだ。

一夫と種継は三つ違いだった。額の生えぎわの後退した彼に道原が会った。

「あなたは、大島靖子さんをご存じですか？」

気弱そうに下を向いていた一夫は、顔を上げ、知らないと答えた。

「大島ちえという名に覚えがありませんか？」

「きいたことがありますが、誰だったか……」

一夫は、また下を向いた。

「あなたのお父さんが親しくしていた女性です」

「ああ。どこかできいた名だと思いましたが、その人でしたか」

「靖子さんは、ちえさんの娘さんです」

「そうですか」

一夫はなんの反応も見せなかった。

道原は、種継と靖子が親しくしていたと話した。

「えっ。ちえという人の娘とですか？」

さすがに驚いたらしく、道原と伏見の顔を見比べた。

「ちえさんは、産んだ子の父親は、兼雄さんだといって、亡くなったようです」

「亡くなったんですか、ちえさんは……」

「あなたは、ちえさんにお会いになったことは？」

「ありません」

「ちえさんの名前はどこで知りましたか？」

「父の友人に久保田という人がいます。蝶沢村の人です。その人から、ずっと前にきいたことがありました」

　種継の同級生の父親のことだ。

　道原は、ちえ母娘がどんな暮しぶりをし、ちえの死後の靖子の経歴を話した。

「知りませんでした」

　一夫は、手を前で組んで一層うつ向き加減になった。

「種継さんは、ちえさん母娘のことを知らなかったでしょうか？」

「弟からきいたことはありません。おそらく知らなかったと思いますが。……種継が、ちえさんの娘と親しくしていたというのは、ほんとうですか？」

「靖子さんの家へ、種継さんが出入りするのを見ていた人がいます。二人の交際は、事実のようです」

「なんということを」

「あなたの感想を伺いたいのですが、ちえさんが産んだ子の父親は、兼雄さんだと思いますか？」

「さあ。なんともいえません。なにしろ父は、道楽者だったようですので、なにかと悶着を起こしていたということです。私の母は、よく小言をいっていました」

一夫は眉間に皺《しわ》を彫《ほ》った。

「お父さんのことを、いまさら責めてみてもしかたないが、靖子さんが兼雄さんの子かどうかは問題なんです」

「そうだったとしたら、どうしたらいいでしょうか？」

「あなたが、靖子さんに会ってみてはどうかと思いましてね」

「会って、なにをいったらいいでしょうか？」

「種継さんに恨みを持っていたかどうかの、感触を摑《つか》んでもらえませんか？」

「兼雄の子でなくても、ちえさんを棄てたというなら、その娘の靖子さんは、私たちに恨みを持っていることでしょうね」

そこまでいうと、一夫は顔を上げ、靖子が種継を殺したと警察はにらんでいるのかときいた。

「もしも深い恨みを持っていたのだとしたら、考えられないことではないと思います」

道原は、靖子の写真を一夫の前に置いた。

一夫はメガネを掛けた。

しばらく写真に見入ってから、

「父に似ていませんね」

と、やや冷たくいった。

道原は、強制はできないが、靖子に会ってみる気はあるかと、もう一度きいた。

「靖子さんが、会うといったら、そうしましょう」

一夫の態度は消極的だった。

靖子はまだ自宅にいる時間だ。道原は彼女の電話番号を押した。三回呼び出し音が鳴って、受話器が上がった。

宮沢一夫が会うといったら、会う用意があるかときいた。

「どういう用事でしょうか?」

彼女は冷ややかだった。

「あなたの話をききたいそうです」

「どんな話をでしょうか?」

「あなたとは、異母兄妹だからです」

「折角ですが、わたしはお会いしたくありません。種継さんとも、関係がなくなっていたのですし、宮沢さんのことすべてを、わたしは忘れたいのです。刑事さんから、そうお伝え願えませんか」

彼女は、感情のこもらない低い声でそういった。道原としては、それでも会えとはいえなかった。一夫に対しても同じである。

道原は一夫の前へ戻った。靖子の返事を伝えた。

一夫は、靖子はどこに住んでいるのかをきいたが、教えなかった。勤務先についても話さなかった。

一夫に会った感触では、殺された種継は、靖子の母ちえと兼雄の間柄を知らなかったようである。したがって、靖子が異母妹ということなど知らずに、交際していたようだ。

11

蝶沢村に住む宮沢種継の同級生の久保田が、捜査本部へ道原を訪ねてきた。

道原は、ひょろっとして背の高い久保田を、刑事課《デカベヤ》の隅の応接セットへ案内した。

刑事課が彼には珍しいらしく、周りを見回した。女性職員がお茶を持ってくると、久保田は、「すみません」といって頭を下げた。豊科町に用事があってきたついでに立ち寄ったのだというが、なにか話したいらしかった。

久保田は、お茶を一口飲むと、宮沢事件の犯人の目星はついたのかときいた。

「このあいだ久保田さんからは、参考になるお話を伺いましたが、捜査は、犯人の目星のつくところまでは進んでいません」

久保田は、なにをいいたくて訪ねたのかを、道原は目でさぐっていた。

「ひとつ、思い出したことがあります」

「宮沢さんに関することですか？」

「彼とは関係ないことですが、二年前の冬、常念小屋で死んだ男がいます」

冬山での遭難事故は毎年何件もあるから、どんな事故か道原はすぐに思い出せなかった。

「なんという人ですか？」

「井刈正光《いかりまさみつ》という名ですが、その男も私たちと蝶沢小学校と中学が一緒でした」

道原は伏見に目配せした。伏見は椅子を立って行った。

すぐに、山岳救助隊主任の小室《こむろ》がやってきた。

「井刈正光さんという遭難者を覚えているか？」

道原が陽焼けした顔の小室にきいた。

「たしか、常念小屋で亡くなった人では？」

「そうです。住所は東京でした」

久保田がいった。

小室は、遭難処理の関係書類を持って戻った。

井刈正光が遺体で発見されたのは、昨年の一月三日だった。彼は、一昨年の十二月二十九日、自宅を出、蝶ヶ岳に登り、常念岳へ縦走して下山する計画で、蝶沢村側から入山した。二十九日は、豊科町のペンションに泊まり、そこから自宅にいる妻に電話し、元気な声をきかせた。三十日に入山し、山行計画では、その日、蝶ヶ岳ヒュッテの冬期小屋に泊まり、三十一日に常念岳へ渉《わた》り、元日のご来光を仰いで、下山することになっていた。

妻は、元日の夕方には彼から電話がくるものと思って待っていたが、それがなかった。もしかしたら天候不良で下山が一日延びたのかと思ったが、二日も彼から電話がなかった。そこで安否が気になって、所轄の警察に連絡したところ、現地の警察へ捜索願いを出すといわれた。

捜索隊は三日の朝、豊科署を出発することにしていたが、元日の未明から北アルプスは猛吹雪で、三日もやむ気配がなかった。

井刈を発見したのは、名古屋市のB大学山岳会のパーティー七人だった。彼らは、燕《つばくろ》、大天井《おてんしょう》を経て、常念へ縦走する計画だった。東《ひがし》大天井岳で吹雪に遭い、二日間、テントにもぐっていた。三日午後、小やみになったのを見て出発し、常念小屋に着いた。冬期小屋に入ってみると、中年の男が床にごろりと横になっていた。その男が井刈だった。

B大学山岳会のパーティーは、ただちに無線で、「冬期小屋に遭難者がいる」と発信した。その無線を明科《あかしな》町の人が傍受して、豊科署に通報した。

救助隊が現場に到着できたのは四日だった。

学生パーティーが見たとおり、中年男が床に倒れていた。着衣の中から連絡先を書いたカードが出てきた。

「私も現場に登りましたから、そのときのことをよく覚えています」

小室は、書類を膝の上に置いて話し始めた。

「遭難者は、仰向いて、ぐっすり眠っているような恰好でした。それを見てすぐに不審に思ったのは、ザックも寝袋もなかったことです」

「なにっ。荷物を持っていなかった？」

道原がいった。

「たぶん、吹雪の中でザックと寝袋を失《な》くしたのだと思います。山小屋を見つけて、もぐり込み、疲労していたから横になって、そのまま眠り込んで凍死したんでしょうね。手袋だけははめていましたが」

「アイゼンとかピッケルは？」

「ピッケルは小屋の中に放り出してありました。アイゼンは片足にだけ着け、片方は遺体のそばにありました」

「片方だけ脱いで、倒れたということだろうね？」

「そうでしょうね。山小屋には着いたけど、精根尽きはてて、眠り込んだんでしょう」

「そのほかに不審な点はなかったろうね？」

「ありません。あれば、刑事課に連絡しました」

「家族か関係者は、雪が解けてから、荷物をさがしただろうか？」

「井刈さんの山友だちが、六月と九月に入山してさがしたということですが、発見したという連絡は受けていません」

「井刈さんは、冬山を何度も経験していただろうね？」

「奥さんがいうには、四季にわたって山へ登っていたようです。前の年も冬山をやっているといっていました」

「一昨年というと五十一歳か。熟達者でないと冬山はやれない年齢だ。単独行だったのが問題だねえ」

井刈が登山をしていたのを知っていたかと、道原は久保田にきいた。

「ずっと前の同期会の折に、山登りの話をききましたが、冬山に登っているとは知りませんでした」

「遭難することになった山行は、きいていましたか?」

「知りません。井刈君の死亡はテレビニュースで知ったんです。それで何人かの同期生に電話を掛けたんです」

「お葬式には参列されましたか?」

「私は行きませんでした。井刈君と仲よしだった宮沢君は行きました。東京にいる同期生は何人か参列したという話を、あとでききました」

小室の説明のように、警察では井刈の遭難を事故として処理している。その事故になにか不審でも抱いてきたのかと、久保田にきいた。

「井刈君の遭難に不審を持ったわけではありませんが、彼と宮沢君が親しかったものですから」

仲のよかった二人が、ほぼ二年のあいだに事故と事件で死亡した。これは偶然だろうかと、昨夜気づいたのだと久保田はいった。

二人とも働き盛りだ。病死ならともかく、からだの弱る年齢ではない。

久保田が帰ると、道原と伏見は、井刈正光の事故処理簿を初めから読んだ。

厳冬期に単独行というのは、いささか無謀な観があるが、井刈には自信があったに違いない。ただ気になるのは、彼が荷物をなにも持っていなかった点だ。救助隊の小室の推測のように、井刈は吹雪の中で、寝袋を結えつけたザックを失ってしまったらしい。ザックの中には、食糧も炊事や暖を取ることのできるコンロや燃料も入れていただろう。それをそっくり失くしてしまったのが、遭難死にいたる原因だ。

ベテランの井刈が、吹雪の中とはいえ、なぜ荷物を紛失したのか。突風にさらわれたのだろうか。それとも、不用意に斜面で荷物を下ろしたら転がって、見えなくなったということなのか。

ピッケルは、バンドを手首に通していたから失くならなかった。アイゼンは着装したままだった。

冬期でなくても、荷物を谷に落としてしまったのが原因で、死亡にいたった例がある。

その登山者は、谷に落とした荷物を拾うために急斜面を下った。荷物をさがしているうち、足を骨折して動けなくなった。荷物にたどり着け、食事を摂《と》っていさえすれば、何日間かは生きていられただろうが、骨折からくる衰弱と、栄養を補給できないために疲労が激しくて、ついには凍死したという例である。

井刈は、丸裸同然で冬期小屋へたどり着いたわけだが、そのときすでに疲労が極度に達していたのだろう。

冬期小屋は、避難者のための緊急避難施設である。したがってその中には、利用者が次の利用者のために、食糧や燃料を置いて行く。井刈のような非常な事態に陥った人を思っての登山の常識である。

処理簿には、冬期小屋にはコンロも燃料も、缶詰類も置かれていたと書いてある。荷物を紛失した井刈は、食糧や燃料が山小屋にあることを知っていたはずだ。だが、疲れはてていたため、それを棚から下ろして食べる気力さえなくなっていたのではないか。

宮沢と親しかった井刈が遭難死していることを、道原は四賀課長に話した。

課長は腕組みしていたが、

「無駄になるかもしれないが、井刈という男の身辺を嗅《か》いでみたらどうかね」

といった。

宮沢毒殺事件の捜査が、早くも行きづまりの感を呈しているからだった。

道原は処理簿を見て、東京の井刈正光の自宅へ電話した。そこは品川区だった。が、電話は現在使われていないというコールが応えた。移転したのか。

さっき署を訪れた久保田に電話した。久保田は、たったいま帰ってきたところだといった。

彼は「蝶沢三十年会」の名簿を見てくれたが、それに載っている井刈の住所は品川区のままだという。

この前、松本のホテルで会った、やはり宮沢の同期生の菅沼に電話で、井刈の現住所を知っているかときいた。彼も井刈の家族の移転先を知らなかった。

「そういえば刑事さん。井刈君も妙な死に方をしましたね」

思い出したというふうに、菅沼はいった。

「井刈さんは、宮沢さんと親しかったそうですね？」

「二人は小学生のころから仲よしでした。宮沢君は上京すると、たいてい井刈君と会っていたようです。井刈君は、家族連れで、宮沢君のペンションへ泊まりに行ったことがあるといっていました」

井刈の妻は、葬儀に参列した夫の同級生にも転居先を知らせていないようだ。

井刈の前住所の所轄警察署の調査で、家族の現住所が判明した。そこは江戸川区だった。

道原は、たったいま警視庁の所轄署からきいた電話番号を叩いた。

「井刈です」

女性が応じた。井刈正光の妻だった。

井刈の遭難についてききたいことがあり、あした訪問したい、と告げた。いまさら

なにをききにくるのか、と不審を抱くだろうと思っていたが、

「お待ちしています」

妻はあっさり答えた。

12

道原と伏見は、一番の特急で松本を発った。東京へ着き、総武線の平井《ひらい》で降りた。駅前の交番でもらった地図を頼りに、広い道路を渡った。

井刈正光の妻子の現住所は、駅から十分ぐらいのところだった。倉庫を思わせるような色の古いマンションだった。エレベーターがなかった。階段には、住人が置いたらしい桶《おけ》や植木鉢がいくつもあった。猫が一匹うずくまっていて、道原らを見ると一声鳴いた。

きのうの所轄署の調べで、家族の名は分かっていた。妻は頼子《よりこ》といって四十九歳だ。

「汚いところですが、どうぞお上がりください」

そういった頼子は痩せていた。粗末な装《な》りをしていた。

十九の娘と十七の息子と同居しているが、子供たちはいなかった。娘は大学、息子は高校だと頼子がいった。

彼らの家族は、去年の三月、ここへ転居していた。

「品川区にいたときは分譲マンションでしたが、わたし一人ではとてもローンを払っていけないものですから、処分してここへ移りました」

頼子の声には活気がなかった。

彼女は勤めているのだが、きょうは休んだといった。

「お勤めだったのなら、伺うのを夜にしましたのに」

道原がいうと、有給休暇があるのでかまわないと、彼女はいった。

「ご主人の遭難についていまさら伺うのはなんですが、最近発生したある事件のことで、参考までにおききしたいことがあったものですから」

「最近発生した事件とおっしゃるのは、宮沢さんのことではありませんか?」

「やはりご存じでしたか」

「テレビのニュースで知り、びっくりしました。失礼とは思いましたが、お花も贈っていません」

彼女の声は細くなった。

夫の学校の同級生の誰にも、移転先を知らせていないようだ。

「井刈さんと宮沢さんは、親しかったそうですね?」

「はい。わたしも宮沢さんには、何回かお会いしています。どうしてあんな亡くなり方をしたのでしょうか」

「まだ、犯人の目星さえついていないのが実情です」

「お気の毒に……」

道原は、井刈の遭難に触れた。

「井刈さんは、冬山へ単独で行かれたくらいですから、かなり登山経験を積まれていたのでしょうね？」

「山が好きで、しょっちゅう登っていました。日曜に日帰り登山をすることもありました。自分の百名山をつくって、それを踏破するなんていっていました」

井刈は、家族四人で登りたがっていたが、頼子は高いところに立つのが苦手で、一度も夫について行かなかったという。二人の子供が小学生のとき、八ケ岳《やつがたけ》や北アルプスへ連れて行ったことがあったが、中学生になり受験勉強に追われるようになると、一緒に行かなくなったという。

「井刈さんは、いつも単独でしたか？」

「一緒に登る人が三人いました。その人たちの都合がつかないと、一人で行きました」

「遭難された山行は、初めから単独の計画でしたか？」

「あとで気がついたことですが、たしか、どなたかと一緒に登るようなことをいっていました」

「誰かと一緒に？」

道原と伏見は顔を見合わせた。

「山にはしょっちゅう行っていましたので、あのときも、どなたと登るのか、一人なのかを、わたしは気にとめませんでした。あとで考えるとうかつなことでした。井刈と一緒に登っていた方たちから、『冬山の恐《こわ》さを、あなたは知らないからだ』と、責められました。『単独で行かせるなんて、無謀だ』ともいわれました。後悔しています」

「山友だちが三人いたといわれましたね？」

「わたしの知っている方は、三人です」

「一緒に登ると井刈さんがいったのは、そのうちの誰かではなかったんですね？」

「三人とも、井刈のそのときの登山を知らなかったようです」

「井刈さんは、単独で冬山をやったことはありましたか？」

「何回もありました。前の年の正月には、一人で富士山に登っています。その前の年は、北岳《きた》でした」

富士山に登ったのは、そのときが初めてだったという。

「遭難されたときの登山に同行する人の名を、あなたにいいましたか？」

「名前はいわなかったと思います。どなたかと松本で落ち合うようなことをいっていたような気がします」

もしも同行者がいたとしたら、それは重要だ。井刈は冬山装備品を詰めたザックを失くして、常念小屋へ転がり込んだ。同行者がいたなら、山小屋の中で火を焚《た》くか、食糧を与え、彼を介抱したはずだ。彼は単独だったので、暖を取れず凍死したのである。

彼に同行者がいたとしたらどうだろう。

蝶から常念へ渉る間に吹雪に遭ったのではないか。

彼が妻に話した山行計画は十二月三十一日に常念に着き、元日のご来光を拝んで、下山するというものだった。蝶や常念が吹雪になったのは元日の未明からだった。それまでも雪は降っていただろうが、吹雪にはなっていなかった。

井刈が計画どおり、大晦日《おおみそか》に常念の冬期小屋に着いていれば、死亡にはいたらなかったように思われる。彼は蝶から常念へ縦走中にザックを失くしてしまったのではないか。それをさがしていたため、日程が狂い、元日になり、吹雪に遭う羽目になってしまった——。

常念へ着くのが遅れた原因は、失ったザックをさがしていたからではなく、べつの原因があったのだろうか。

道原はこれを、あとで伏見と話し合うことにした。

頼子から、井刈の山友だちだった人たちの氏名と住所をきいて控えた。

三人のうちの一人は、同じ江戸川区内で小規模な機械工場を経営していることが分かった。

頼子に別れを告げて、古いマンションを出ると、道原はさっき考えていたことを伏見に話した。

「井刈に同行者がいたとしたら、どんなことが考えられる？」

「同行者が先に遭難したため、井刈は一人で常念小屋へ入ったことが考えられます」

「それなら、同行者の関係者から捜索願いが出るはずだ」

「もうひとつは、井刈の遭難を知りながら、同行者が下山してしまったということですね」

「ザックを失くし、疲れきった井刈を、冬期小屋に置き去りにしたというわけか」

それなら殺人と同じである。

「こういうことも考えられますね。二人で蝶から常念へ向かって縦走中に、同行者が井刈のザックを谷に放り込んでしまった……」

「最初から殺意があったということだな？」

「山行中に争いが起こったためにそうしたのでなければ、同行者は殺意を隠して、一緒に登ったということです」

「ザックを棄ててしまえば、かならず死ぬ。殴ったり刃物で刺したとすれば、殺人が明白になるから、ザックを谷に放り込んだというわけか」

「同行者が誰なのか分かっていなければ、井刈の死亡を見届けたうえで下山してしまっても、他殺とはみられないだろうと踏んだんじゃないでしょうか」

「井刈の遺体を発見した救助隊は、冬期小屋に井刈以外の登山者がいたと気づかなかったのかな?」

「気づけば、刑事課にそれを伝えたでしょうね。いや、複数の登山者が小屋を使ったと分かっても、それが井刈の同行者とは思わないでしょうね。冬期小屋があれば、縦走中の休憩場所に小屋を使う登山者もいるでしょうからね」

「そうだな。救助隊は、井刈を単独行と思い込んでいたんだから、何人かが利用した痕跡があっても、不審は抱かなかったろうな」

「おやじさんは、井刈には同行者がいたとみますか?」

「さっきの細君の話でそう思ったんだ。松本で誰かと落ち合って、一緒に登ったような気がする。ベテランの登山者が、ザックを失くすなんていう初歩的なミスは犯さないような気がする。君がいうように、同行者の手によって、ザックを拾えないところへ、放り込まれたのかもしれないな」

その想像が当たっていたとしたら、井刈は殺人者と山行をともにしたことになる。もしも井刈が殺されたのだとしたら、宮沢の毒殺とは関連があるのではないか。

13

機械工場経営の佐久間《さくま》を訪ねた。

彼は、油で汚れた手を洗って、工場に隣接している自宅へ二人の刑事を上げた。

佐久間は、井刈より二つ下の五十一歳だった。

「冬山に単独で行かせるなんて、無謀ですと、奥さんにいったのは私です。私は前から井刈さんに、冬山はやめたほうがいいと忠告していました。しかし彼は、ゆったり日程を取って登るから大丈夫だといいました。冬山さえやらなかったら、あんなことにはならなかったんです。彼が死んだために、奥さんもお子さんも、古ぼけたマンションで暮すことになったんです」

井刈の勤めていた会社は経営不振だったため、退職金はわずかしか出なかったという。

そういってから佐久間は、

「いまになって、井刈さんの遭難になにか?」

と、刑事の目をのぞいた。

「井刈さんの小中学校時代の同級生が、中央線の特急の車内で殺されました」

「ああ、毒入りのジュースを飲んだという事件ですね。殺された人は、井刈さんの同級生だったんですか」

「蝶沢村といって、蝶ヶ岳の東山麓に当たる村の学校です」

「井刈さんから、田舎にいたころの話をよくききました。その村は、お母さんの出身地だったそうですね」

それは知らなかった。

井刈は二人兄弟の次男だった。東京生まれだったが、二歳のとき、五歳の兄とともに母に連れられ、蝶沢村へ転居した。戦火が激しくなったため、疎開したのだった。父親は南方の戦地で没した。

井刈兄弟は、母親の実家が持っていた家に住んで、蝶沢村立の小中学校を卒え、やがて松本市内の高校を出、東京の会社に就職したのだという。

兄も東京へ出、母親を引き取ったが、母親は四、五年前に病死したのだった。

井刈は東京へ出てから登山を始めた。秩父《ちちぶ》や丹沢《たんざわ》の山に登っていたが、山の魅力に取り憑《つ》かれると、南北アルプスにも中央アルプスや八ヶ岳へも、しきりに登るようになった。

もともと単独で山をやるようになったのだから、山友だちがいなかった。社会人の山岳会にも所属しなかった。

山行中に佐久間と知り合い、佐久間の山友だち二人とも仲よくなって、何回となく四人で登ったという。

四人のうちでは、井刈の山行回数は他の比較にならないくらい多かった。彼は、ヒマラヤトレッキングに出掛けたいと語っていたこともあったという。

道原は、井刈の妻頼子からきいた話を伝えた。

「誰かと一緒にですか？」

佐久間は首を傾げた。井刈の死後、頼子には何度も会ったが、そういう話はついぞきいたことがないといった。

「頼子さんは、自分の記憶に自信がなかったようです」

道原はいった。

「刑事さんがお見えになったので、話す気になったんでしょうね。……同行者がいたとしたら、その人は、いったいどうなったんでしょうか？」

佐久間の表情は険しくなった。

「井刈さんは、入山届けをしていませんでした。それを出していれば、単独行か同行者がいたかが、書かれていたでしょう」

同行者がいたとしたら、それは誰なのかの見当がつくかと、道原はきいた。

「分かりません。私は井刈さんから山へ登る友人の話をきいたことがありません。彼が私たちに話さなかっただけかもしれませんが」

佐久間はそういうと膝を立てた。

かつて井刈とともに山行をしたことのある二人にきいてみるといった。その二人の名は、道原のノートに控えてある。

佐久間は電話を掛けた。一人は、墨田区内で食品店を経営し、もう一人は、港区内にマンションを持ち、それの一階で生花店をやっているという。

佐久間は各人と五、六分ずつ話していた。

「二人とも、あのときの井刈さんの山行を知らなかったし、誰と登ったのか見当もつかないといっています。……私が思うには、彼は単独です。奥さんのきき違いだったと思います。彼があんなことになったのに、ほかの人からなんの連絡もなかったというのが、単独を証明しているじゃありませんか」

だから犯罪の匂いを嗅いで、道原らは調べる気になっているのだ。

佐久間は、二人の山友だちに問い合わせしたが、道原と伏見は念のために、二人を訪ねて話をきいた。二人は佐久間ほど井刈に通じていなかったが、井刈の最後の山行に対する見解はほぼ同じだった。単独行だったがために、無惨な死に方をしたのだと語った。

次の日、井刈が勤務していた会社を訪問した。大田区内の精密機械メーカーだった。

井刈と一緒に仕事をしていた同僚三人に会った。

井刈の人柄は、誠実で几帳面だったという。

だが、自分の性格を人にも押しつける傾向があり、若い人たちは彼を、「厳しい人」とみており、社内では敬遠されていた。彼の山好きは知られていたが、山行をともにした同僚はいなかった。

「井刈さんの登山は、休暇を利用して山歩きを楽しむという性質のものでなく、かつて体力のあった若いころと同じように、四季を通じて高い山に登る。まさに山に取り憑かれた人でした。幹部の中には彼を、無謀とみている人がいて、それが昇進のさまたげになっていたようです。年齢的には課長以上の管理職になってるはずなのに、係長どまりだったのは、そのせいです」

同僚の一人の話である。

同僚たちの話をきいていて、道原はあることを思いついた。井刈は、小中学校が同期だった宮沢種継と親しくしていた。宮沢には登山の趣味や登山経験はなかったのだろうか。

このことを小谷村の宮沢の自宅へ電話で確認した。妻の弘美が応じて、

「高校のころまでは、蝶ヶ岳にも常念岳にも登ったといっていましたが、それ以降は山には行っていないようでした。少なくともわたしと一緒になってからは、登山はしていません。冬はスキーをやる程度でした」

と答えた。


井刈の兄国武《くにたけ》は東京都都市計画局に勤めている。

道原が西新宿の都庁を訪ねるのは、たしか二度目だ。天を衝《つ》いてそびえる巨大な建物の受付で、井刈国武の席をきいた。彼は、公園緑地課長だった。遭難死した正光より三つ上の五十六歳だ。痩身で背が高く、長い顔にメガネを掛けていた。

応接室に案内され、道原が名刺を出すと、

「弟の事故のさいは、お世話になりました」

と丁寧にいって頭を下げた。

だが、今ごろになって刑事が訪ねてきたからか、彼の表情は身構えていた。

「豊科署といえば、列車の中で、毒入りのジュースによって殺された人の事件を扱っていらっしゃる……」

井刈はメガネを光らせた。

「その事件を担当しています」

道原は答えた。

「いまになって、正光さんの遭難のことを伺うのは、なぜなのかとお思いになるでしょうが、列車内で殺された宮沢種継さんは、正光さんと小中学校が同期でした」

「知っています。弟と仲よしでしたから」

「蝶沢村の学校の同期の方が、山で亡くなっていたことに、今回の捜査中に気がつきまして、正光さんの遭難の記録を詳しく読みました。読んでいて、少しばかり気になる点があったものですから、きのう、正光さんの奥さんにお会いした次第です」

「弟があんなことになったために、頼子さんや子供たちに苦労をかけることになってしまいました。……で、彼女はなにかいっていましたか?」

「正光さんが、山に出発する前、松本で誰かと落ち合って、山に登るようなことをいっていたのを思い出したといっています。同行者がいたのだとしたら、私たちは、正光さんの遭難を見直さなくてはなりません」

「弟が死んで、しばらくして頼子さんから、誰かと一緒に登ったのではないかという話を、私もききました。誰と一緒だったのか分からないし、同行者がいたという証拠もないのだから、どうすることもできない、と私は彼女にいった覚えがあります」

「正光さんの奥さんの話をおききになって、同行者がいたのではないかと思われましたか？」

「いえ。私は山に登った経験はありませんし、同行者がいたのなら、弟はあんなことにはならなかったと思っていますので、頼子さんの記憶は、なにかの勘違いだろうと思いました」

「正光さんの幼なじみで、同級生の宮沢さんが事件に遭ったのを知って、なにか感想をお持ちになりましたか？」

「私も種継君を知っていましたから、それは驚きました。彼の兄の一夫さんと私は、同級でした。だから他人ごとと思えず、小谷村の自宅へ香典を送りました」

だが、弟の遭難との関連までは考えたことがなかったのだろう。

「刑事さんが、わざわざおいでになるということは、弟の遭難に疑問をお持ちになったからでしょうが、まさか、弟が殺されたということでは？」

井刈はメガネの縁に手を当てた。

「もしも、正光さんに同行者がいたとしたら、犯罪の可能性が生まれてきます」

頼子の記憶は間違っていなかったのだろうかと、井刈は暗い顔になってつぶやいた。

14

捜査本部に報告を入れた。四賀課長が出て、一昨年の十二月二十九日、井刈正光が宿泊したペンションが判明したといった。それはやはり豊科町にあって、井刈が単独で宿泊したことを確認したという。

もしも井刈が、山へ同行する誰かと松本で落ち合っていたとしたら、その同行者はべつの宿を取ったということだろうか。

「おやじさん。井刈の同行者は地元の人だったんじゃないでしょうか」

道原の電話の終るのを待っていたように、伏見がいった。

「そうか。地元の人間なら、三十日の朝、自宅から出発しただろうな」

井刈は、蝶沢村を中心とした周辺に住む誰かと付き合っていたのだろうか。そういう人がいたとしたらさし当たって考えられるのが、同級生だ。

井刈は、二歳のときから高校を卒えるまで蝶沢村にいた。彼にも兄にとっても、蝶沢村は故郷と同じである。

道原は、さっき会った井刈の兄に電話を入れ、蝶沢村かその周辺で、正光が親しくしていた人を知らないかと尋ねた。

兄の国武はしばらく考えていたようだが、弟の高校の同級生の名を一人挙げた。そのうちの一人は、東京での弟の葬儀に参列したという。

捜査本部に連絡し、国武からきいた井刈の高校の同級生二人の背景を内偵することにした。二人のうちどちらかに、登山経験があったとしたら、その人の、一昨年年末から正月にかけてのアリバイを精査することにした。

夕方、菅沼と戸塚に会うことになった。

二人は、殺された宮沢の同級生で、東京で開催する「蝶沢三十年会」の幹事である。宮沢は、菅沼と戸塚に会うために、去る十一月十九日、東京に向かったのだった。

道原は、菅沼と戸塚に、

「井刈正光さんと親しかった人を知っていますか？」

ときいた。

「最も親しかったのは、宮沢君でしたが」

「蝶沢村か、その周辺に住んでいる人で、親しくしていた人がいるでしょうか？」

「誰と親しくしていたんだろう？」

菅沼と戸塚は顔を見合わせた。二人とも思い出せないようだった。

菅沼と戸塚は、同じく東京に住んでいたが、井刈と会うことはなかったという。したがって二人は、井刈が山好きで、しょっちゅう山行をしていることも知らなかったと答えた。

菅沼が、黒いバッグから「蝶沢三十年会」の名簿を出した。住所が変更したり、姓の変わった人については横線で消して訂正してあった。

菅沼は、井刈についても線を引いていたし、宮沢の名にも線を引いていた。名を線で消してある人が、ほかに二人いた。

「この二人も、亡くなったんですか？」

道原は名簿を見てきいた。

「そうです。二人とも去年、病死しました。ガンでした。五十代になると、年に一人か二人が消えていきます」

菅沼は寂しげにいった。

当然だが道原にも、小、中学校と高校の同級生がいて、やはり同期会の名簿がある。新しい名簿が届くたびにその人数が減っている。病気や事故で亡くなったのだ。

「蝶沢三十年会」の当初の人数は八十一人だったが、現在は十二人が欠けているという。そのうちの二人が井刈正光と宮沢種継である。

「私たちの同期生には優秀な男が五人います」

菅沼がいった。

「ほう」

道原が手にしている名簿を、菅沼がのぞいた。

「この名をご存じですか?」

「画家とありますが、私はこの方面の事情には疎《うと》いものですから」

「洋画家ですが、日展無審査で、画壇では知られた男です。東京の美大を出て、長いあいだフランスにいて修業したんです」

松本で個展を開いたこともあり、蝶沢役場に自作の絵を寄贈しているという。

この前訪ねた村役場の矢崎は、総務課長の職に就《つ》いているのにそんなことを一言もいわなかった。

「この男とこの男は、大手企業の役員です。一人は社長候補といわれています」

菅沼はその企業名をいった。いずれも有名企業だった。

菅沼は、ページをめくった。

「この男の名は?」

菅沼はそのページの中央部へ指を当てた。なんだか道原の知識を試されている気がした。

「音楽家となっていますが……」

「三、四年前、NHKの大河ドラマの音楽を担当しましたし、映画『海の炎』のテーマ音楽を作曲しています」

「そうですか。同期の方にはなかなか優秀な……」

伏見も、画家も音楽家の名も知らないらしく、ただうなずいている。

「この名をご存じではありませんか？」

次のページを菅沼はめくって、指を当てた。

「どこかで見たか、きいたことがあるようなお名前です」

その人の職業は評論家となっていた。

「最近、よくテレビで見掛ける人ですね」

伏見がいった。

そういわれて道原は思い出した。長野県内で特異な大事件が起きたさい、コメンテーターとしてテレビで意見を述べていた。面長に太い黒縁のメガネを掛け、どちらかというと派手な柄のスーツで登場している評論家だ。著書も多くて、近年立てつづけにベストセラーになったものがある。その名は中平良成《なかひらよしなり》という。

「中平良成さんも、蝶沢村の出身者でしたか」

道原は知らなかった。

伏見も初耳だったといった。

「中平君は、井刈君と似ていて、大戦中に蝶沢村へきたんです。やはりお母さんが蝶沢の人で、身寄りを頼ってきて成長し、小学校を出ると同時に東京へ帰ったんです。

村の中学を出なかったせいか、村にはあまりなじみがありませんでしたし、村でも、彼が蝶沢小の卒業生ということを知らない人がいます。ですが、『蝶沢三十年会』の一人であることには違いありません」

菅沼は自慢げにいった。

横にいる戸塚も笑顔をつくった。

同級生がいつもテレビに出ているのは、彼らにとっては誇らしいことなのだろう。

道原の同級生には、自慢できるような者はいないようだ。同窓生の中には、東京で企業を興し、のちに国会議員になった男が一人いたが、贈収賄事件に連座して、失脚した。以来どうしているのか名前をきかなくなった。

道原は、「蝶沢三十年会」の名簿をコピーしてもらった。

四賀課長から、捜査本部へ帰ってくるようにという連絡が入った。二人の刑事を上京させたが、有効な情報を拾えないと判断したようである。

捜査本部では、道原の情報にもとづいて、井刈正光の高校のときの同級生二人の身辺をさぐった。その結果、一人が最近も山へ登っていることが分かった。

しかし、井刈が遭難したさいのアリバイについては未確認という。

その男は、有田《ありた》といって、住所は松本市内である。職業はレストラン経営だ。

道原と伏見は、真夜中に松本へ着く特急で帰った。

捜査本部で、有田という男の身辺を洗った報告書を読んだ。その結果、直接彼に会ってみることにした。

道原は自宅に帰り、五時間ほど睡眠をとった。

けさは冷えた。庭に出て西側を向いた。蝶や常念の稜線が真白くなっていた。カキの枝に残っていた赤い葉が、はらりと散り落ちた。

玄関で伏見の声がした。車で道原を迎えにきたのだが、妻の康代と娘の比呂子と話している。

「行ってきまあす」

高校へ行く比呂子は、道原にきこえるようにいった。

一段上の道を、自転車に乗って行く女子高校生の姿が見えた。吐く息が白かった。

15

有田の経営するレストランは、松本城の近くで、わりに知られた店である。道原は入ったことがなかったが、伏見は二、三度行ったことがあるという。その店はガイドブックにも載っているせいか、旅行者も利用すると、伏見はいった。

「うまい物を食べさせるのかね？」

助手席で道原はきいた。

「フランス料理です。味のわりに値段は安いですよ」

その店は、赤黒いレンガ造りだった。

ドアには「準備中」の札が下がっていた。

有田は、口の周りに髭《ひげ》をたくわえていた。あらかじめ連絡しておいたので、彼はいつもより早く店に出てきたといい、一番奥のテーブルへ二人の刑事を案内した。

「井刈正光さんと、山に登られたことがあるそうですね？」

道原は切り出した。

「あります。四、五回、一緒に登りました」

有田は、井刈と登った山の名をいった。いずれも北アルプスだった。

有田も井刈と同じで、単独で登ることが多いという。

「仲間の都合に合わせていると、こちらが日程を取れなくなることがありますので、思い立ったら一人で登ることにしています」

「いまも、山へはときどき？」

「今年は三回しか登れませんでした。それまでは年に五、六回登っていました」

「井刈さんの、最後の山行を前もってご存じでしたか？」

「知りませんでした。彼は、北アルプスへ登るたびに連絡してくるわけではありません。下山してから、この店へふらっと寄ることがありました。店をやっている私を、山へ無理に誘いたくないという気遣いがあったようです」

道原は、井刈の妻の頼子の記憶を話した。松本で誰かと落ち合って、山に登るつもりだったのではないかという、おぼろげな記憶である。

「井刈は、一人じゃなかったとおっしゃるんですね？」

有田は顔色を変えた。

「奥さんの話をきいて、あるいは同行者がいたのではないかと思うようになりました」

井刈に同行した者がいたとしたら、それは誰だと思うか、と道原は有田の表情をにらんできいた。

「彼は、東京に山仲間が三人いるといっていました。そのうちの誰かではないんですね？」

「その三人は、井刈さんの最後の登山に同行していません」

「私も、井刈と登っていません」

有田は、刑事がなんの目的で訪れたのかを感じ取ったようだ。

道原はさっきから有田と話していて、井刈の同行者ではないと判断した。これは長年の刑事の勘である。

「同行者がいたとしたら、それまでに井刈と山へ登ったことのない人間ではないでしょうか？」

有田は、髭の顎に手をやっていった。

「初めてパーティーを組んだ人間ですか……」

「何回も一緒に登っている人間なら、奥さんは名前をきいて、はっきり覚えていたと思います」

「なるほど」

道原はうなずき、井刈の遭難のしかたを知って、どんなことを想像したかと尋ねた。

「単独とばかり思っていましたから、常念小屋へ着くまでの間に、ザックを失くし、それをさがしたが見つからず、山小屋へ着けばなんとかなるだろうと考えて、常念小屋をめざした。ところが疲れきっていて、暖も取らずに眠り込んでしまったのだと思っていました」

山岳救助隊の見解と同じだ。

「同行者がいたとしたら、どう思われますか？」

「そうですね……井刈の荷物を一緒にさがしているうち、過まって転落して、行方不明になってしまった……」

「それなら、身内か関係者から、捜索の依頼があるはずです」

「そのころ行方不明になった登山者はいないのですか？」

「いません」

「それなら、誰かと一緒に登るというのは、奥さんのきき違いで、やはり井刈は、単独行だったのではありませんか。それとも、松本で誰かと落ち合うといっただけで、相手は山に登る人ではなかったのではないでしょうか？」

「それも考えられますが、それなら奥さんは、同行者がいたらしいとはいわないと思いますよ」

「井刈は、一緒に登った人間に、置き去りにされたのでしょうか？」

有田は天井に目をやった。小振りのシャンデリアが二つ吊《つ》ってあり、その一つは灯《あか》りが消えていた。

井刈と親しくしていた高校の同級生がもう一人いた。有田にその人のことをきいたところ、山をやらない男だという。

そのほか、井刈と一緒に登山をしそうな人間が、松本周辺にいるかをきいたが、有田は知らないと答えた。

「有田はシロだな」

レストランを出ると、道原は伏見にいった。

「ぼくもそうみました」

有田は、井刈の東京での葬儀に参列している。それまでに有田は井刈の妻頼子に会っている。井刈が有田と一緒に登るのなら、それを妻にはっきり告げていたはずだし、彼女も夫が有田と同行することを記憶していたと思われる。


捜査本部に戻ると、道原は自分の席で、きのう菅沼にコピーを取ってもらった「蝶沢三十年会」の名簿を開いた。

彼の目は一か所を見つめて動かなくなった。

それは中平良成だった。中平の顔はときどきテレビで目にしている。新聞や週刊誌に写真が載っていることもある。個人や団体の犯罪を特異な角度からみて、解りやすく説くこともある。法律家のように専門用語を用いないから、彼の解説は大衆に受けている。

犯罪だけでなく、社会現象や風俗についても、独特な見解を示し、他の評論家が中平の著書を紹介していることもある。

彼が売れ始め、たびたびテレビに出演するようになったのは、この四、五年前からだ。

きのう、菅沼と戸塚に話をきくまで、道原は、中平が蝶沢村立小学校の卒業生であるのを、まったく知らなかった。

道原は、中平が蝶沢村で少年時代を送ったのを知ったから、特別な感慨を持って名簿を見つめているのではない。

なにかの事件が起きたさい、署内の誰かが、中平の名を口にしていたような記憶があったのである。

「中平良成について、なにか覚えていることはないか？」

道原は伏見にきいた。

「覚えていませんが」

伏見は首を傾げただけだった。

牛山に同じことをきいた。やはり覚えていないという。

署の刑事課では最年少の宮坂《みやさか》にもきいてみた。

「ぼくも、中平良成の名を署内できいたような気がします。セッちゃんからきいたのかな？」

セッちゃんというのは、降旗節子《ふるはたせつこ》といって、防犯課の刑事である。いくぶん肉づきがよく、愛嬌《あいきょう》のある顔立ちで、署内では人気者である。

宮坂に呼ばれて、彼女は道原の前へやってきた。

「セッちゃんは、中平良成について、なにか記憶していることがあるか？」

「あの、売れっ子の評論家ですか？」

彼女は丸い瞳を動かしていたが、「あ、思い出しました。あの事件、有明《ありあけ》駅のホームで、男の人が撃たれた……」

彼女は胸に手を当てていた。

彼女が思い出したのは、こういう事件である。

――一昨年の二月十日、午後一時五十分過ぎ、大糸線有明駅から豊科署に緊急連絡が入った。

その日、安曇野はひるごろから吹雪だった。

信濃大町発松本行きの普通電車が、四人の乗客を拾って、有明駅のホームを離れた。ホームに出て、電車を見送った駅務員は、コートの襟を立てて事務室へ戻りかけた。なんと、ホームに黒いかたまりのようなものがあった。駅務員はそれに近寄った。なんと、黒いコートを着た男が倒れているのだった。

駅務員は男に声を掛けた。からだに手を掛けて揺すった。男は、うっ、うっと唸《うな》った。よく見ると、ホームに積もった雪が赤かった。倒れている男は血を流しているのだった。

発見した駅務員は同僚を呼んだ。担架に倒れている男を乗せて、事務室に収容した。

男は浜に打ち上げられた魚のように、口をパクパクと動かした。言葉になっていないなか

った。

救急車を要請した。駅務員たちがよく見ると、白髪頭の男は、胸から血を流しているのだった。

松本行きの電車に乗るつもりでホームに出たが、なにかのはずみで怪我をしたのかと思ったが、男の出血はただごとではなかった。

助役が怪我をした男を見て、「ホームで刺されたんじゃないか」といった。

窓からホームを見たが、激しい吹雪で、そこはかすんでいた。人影はまったく見えない。

事件を感じ取った助役が、豊科署に通報し、「刺されたらしい」と、見解をいった。男は、救急車で豊科町の病院へ運ばれた。

有明駅から通報を受けた豊科署では、救急隊員と連絡を取り合った。救急車の中で怪我人を診《み》た隊員は、「刺されたか、撃たれたらしい」と報告した。

パトカーに乗った署員は、有明を十三時五十分に発った普通電車を追跡し、梓橋《あずさばし》駅で電車に乗り込んだ。

男を有明駅ホームで刺したか撃ったかした犯人は、松本行き普通電車に乗ったのではないかと、とっさに判断したのだった。車内に挙動不審な者がいたら、電車から降ろして事情をきくことにした。

電車に乗り込んだ署員は六人だった。その中に降旗節子がいた。電車には空席が目立った。乗客の挙動に注意しながら車内を回るうち、彼女は一人の著名人の姿を認めた。それは最近めきめき売り出した評論家の中平良成だった。

電車は終点の松本に十四時二十一分に到着した。念のために署員は、空《から》になった車内を点検した。が、血痕のある座席もなく、異状はみられなかった。一方、怪我人の男は、病院に到着する前に息を引き取った。

男の胸の創口《きずぐち》を診た医師は、銃によって撃たれたものと判断した。男は、解剖のため信州大学の解剖室へ搬送された。

持ち物から身元が判明した。鳥羽古四郎《とばこしろう》（六十三歳）といって、住所は東京都台東区だった――。

事件当日も、吹雪がやんだ翌日も、有明駅ホームとその周辺を調べたが、銃は発見できなかった。

その夜のうちに鳥羽古四郎の解剖結果が発表された。

ピストルによって左胸接射（銃口が皮膚または着衣に密着するか、せいぜい〇・五～一センチ以内）。弾丸は人体を通過して体外に出ており、いわゆる貫通射創。死亡推定時刻は、射撃された直後の二月十日午後二時ごろ。

これによって、鳥羽は、吹雪の有明駅ホームに立っているところを、何者かによって拳銃で撃たれたものと断定し、豊科署は県警本部とともに捜査本部を設置した――。

16

道原は、当日十三時五十分に有明を発車した電車に乗り込んで、不審な乗客がいないかを見て回った降旗刑事の報告書で、中平良成の名を目にし、それが記憶に残っていたのだった。

鳥羽の胸を撃った犯人は、折からの吹雪を利用したのだ。当時有明駅ホームには四人が松本行きの電車を待っていた。四人というのは、死亡した鳥羽を入れた人数である。

駅務員の記憶によると、四人のうち三人が男性で女性一人は、七十歳ぐらいだった。鳥羽は黒いボストンバッグを提げ、電車が入線するぎりぎりまで駅の待合室にいた。改札の駅務員が、「電車がきます」と、椅子にすわっていた彼に声を掛けている。あとの二人の男については年齢や人相を覚えていなかった。

捜査本部では、犯人は三人の男女の中にいたのではないかと推測したが、どの乗客かは特定できなかった。

犯人は、有明よりも前の駅から乗車し、有明に着くと電車から降り、鳥羽の胸を拳銃で撃って、電車に飛び乗って逃走したことも考えられた。

当時はなにしろ激しい吹雪だったから、線路からホームに上がり、犯行を終え、線路伝いに逃走したとしても、駅務員の目に触れなかったろう。

犯人は、鳥羽と知って撃ったのか。吹雪の中で鳥羽だと分かったということは、彼を熟知している人間だ。

道原もこの事件の捜査本部員に組み入れられて、捜査に当たった。

鳥羽は、自宅にほど近い台東区内で小規模な不動産業と金融業を経営していた。彼は、穂高町での友人の法事に出た帰途、被害に遭ったのだった。彼の金融業についは、貸金の取り立てが厳しいということで、債務者とトラブルを起こしたことはたびたびだった。

したがって、商売にからむトラブルが、殺害された原因ではないかという見方もあった。

警視庁の協力を頼んで捜査したが、犯人の目星はまったくつかず、迷宮入りの様相を呈して、捜査本部は解散した。

その後も、鳥羽に関する情報が入ると、専従捜査員が裏付捜査をしているが、事件は未解決のままである。

「セッちゃんは、中平良成が蝶沢小学校の出身者だということを知っていたか？」

道原は、彼女の丸い顔にきいた。

「えっ。蝶沢の生まれだったんですか？」

「戦争中に東京から母親と蝶沢村へきて、小学校を卒えると、東京へ戻ったそうだ」

道原は、「蝶沢三十年会」の名簿を彼女のほうへ向けた。

「蝶沢村の出身者には、有名な画家と音楽家がいることは知っていますが、中平良成もそうだったんですか」

意外だという顔である。

道原も、中平が隣村の小学校を出ていることを知らなかった。そのことをいままで人からきいていなかったのである。

いまやタレント並みに売れているのに、なぜ故郷ともいえる蝶沢村周辺の人たちに知られていないのか。本人が、小学生時代を信州で送ったことをあまり口にしないからではないのか。

「鳥羽の事件が発生した直後、セッちゃんは電車の中で中平を見つけたわけだが、すぐに彼だと分かったということは、彼はいつもテレビに出るような服装をしていたんだね？」

「ネクタイは締めていなかったようでしたが、特別変わった服装ではなかったと思います」

「彼に声は掛けなかったんだね？」

「それはしません。見た瞬間に、中平良成だって分かったものですから、報告書に、乗客の中に彼がいたことを書いておきました」

「中平は、終点の松本まで行ったのかな？」

「それは分かりません。彼をずっと見ていたわけではありませんので」

彼女は他の乗客の挙動にも目を配っていたのだから、無理もない。

道原は、またも未解決の事件に「蝶沢三十年会」の一人が登場したことが気になった。

「一昨年の二月十日、中平良成はどこへ旅行していたんだろうな？」

「講演会にでも出たんでしょうか？」

伏見がいった。

「各駅停車の電車に乗っていたということは、信濃大町よりも有明寄りの駅で乗ったとみていいいな」

「有明で乗ったのかもしれませんよ」

牛山がいった。考えられることである。

「十三時五十分、有明発か……」

道原はつぶやいて、列車の時刻表を開いた。十三時五十分前後の大糸線の列車をボールペンの先で追ってみた。

信濃大町発十三時十四分の特急は、十三時四十九分に松本に着く。もしも中平が大町市にいたのならこの特急を利用しそうなものである。

普通電車に乗ったところをみると、彼は信濃大町から松本間の各駅停車しかとまらない駅の近くに用事があってきたとみるべきだろう。

有明駅から事件発生の緊急通報を受けて出動した豊科署員は、パトカーで十三時五十分有明発の電車を追い、梓橋で追いついた。そして車内に入って、走行中の電車の乗客を見て回っている。

降旗が中平を見たのは、梓橋、松本間の十一分のあいだである。中平は、有明よりも松本寄りの駅から乗車したことも考えられる。

しかし道原は、東京に住所のある中平がどこに用事があって信州へきていたのかを知りたかった。

彼が時刻表を見ている間に、伏見は資料室から紳士録を持ち出してきた。

〔中平良成　評論家　昭和十八年二月八日東京都生まれ　R大学文学部卒　和光醸造、城功出版社各勤務　昭和六十年「未来への浮遊」により天竜社ノンフィクション賞受

賞　作品＝「法則のない男女」「ちょっと大胆に」「感動列島」　住所＝東京都世田谷区祖師谷《そしがや》〕

同じページの中でも中平の経歴はごく短く、ここからは彼が長野県内の小学校を出たのを知ることはできなかった。

道原は伏見と牛山に、一昨年の二月十日、中平良成の講演会が安曇地方で開かれていたかどうかを調べるよう指示した。

「中平は、事務所を設けているでしょうね？」

牛山だ。

「彼の事務所へ問い合わせるというのか？」

「はい」

「内偵するんだ」

「内偵……」

牛山と伏見は顔を見合わせた。

「豊科周辺から大町市にかけての市町村役場に電話で、中平の講演会か、座談会のようなことをやったかを問い合わせればいいじゃないか」

「そうか」

牛山は、舌を出した。

道原は、松本市に本社のある新聞社に電話し、中平良成について尋ねたいというと、学芸部という部署に回された。

「えっ。中平良成さんが、蝶沢小学校の卒業生……。それは知りませんでした。彼は著書の『感動列島』で、自分の生い立ちに触れていますが、たしか生まれは東京となっていて、蝶沢村にいたことは書いていません。ですから少年時代も東京だったと思っていました。蝶沢小出身というのは、なにかの間違いではありませんか？」

学芸部員はそういった。

「蝶沢小学校を昭和三十年に卒業した人たちは『蝶沢三十年会』という同期会をつくっています。その名簿には中平さんの名前が載っていますし、同期生も彼のことを覚えています」

「それは初耳です」

学芸部員は、資料に中平の経歴を書き加えておくといった。

「おたくの新聞社では、中平さんの講演会のようなものを催したことはありませんか？」

「そういうことなら、事業部の担当です」

といって、電話が切り換えられた。

中平良成の講演会を開催する企画があって、彼の事務所に要望を伝えてあるが、スケジュール調整中ということで、まだ返事をもらえないでいるということだった。

道原はついでに、近年、近隣市町村で中平の講演会が開かれていたかを尋ねた。だが、事業部ではそれを把握していないという。

伏見と牛山は、安曇地方の市町村役場に問い合わせていたが、中平良成を招いての催事はなかったことが判明した。

「中平は、いまや全国的に知られた有名人なのに、なぜ少年時代を送った土地を訪ねたり、講演の招請に応じていないんでしょうね？」

伏見がいう。

「蝶沢村や安曇地方は、いわば彼の故郷と同じだ。有名になれば、故郷に錦《にしき》を飾りたいという気持ちがありそうなものだがな」

道原は、セツコの淹れたコーヒーを飲んだ。

「子供のころを過ごした土地の人たちや、同窓生の前で講演をするなんて、気分のいいものでしょうね。おれがもし、中平のようになったとしたら、講演料なんかもらわずに、喋《しゃべ》るな。同級生の中には、見返してやりたいやつの一人や二人はいるだろうしな」

牛山がいうと、宮坂とセツコは笑った。

17

道原は、一昨年の二月十日、中平良成が安曇地方のどこへ行っていたのかを知りたかった。講演会や座談会に出ていないとなると、個人で旅行していたのか。

「セッちゃん。もう一度思い出してくれ」

道原は、セツコを机の向こうの椅子に腰掛けさせた。「鳥羽の事件のとき、電車の中にいた中平は、一人だったか？」

「一人だったと思います。横にすわっている人と話したりしていなかったという記憶があります」

「乗客の中には、中平に気がついた人はいただろうね？」

「いたでしょうね」

「中平が乗っていた車両に、セッちゃんの知っている乗客はいなかったかね？」

「いません」

事件発生直後、梓橋駅から普通電車に乗り込んだ署員は六人だった。その署員が誰だったのかは、当時の報告書で分かっている。刑事課からは牛山が出動していた。

セツコに、あとの四人を刑事課に集めてくれるよう指示した。

セツコと牛山以外は地域課員だった。

道原は全員に、電車内で中平を見た覚えがあるかをきいた。セツコと一緒に同じ車両に乗り込んだ地域課の西山《にしやま》が中平を記憶していたが、そのほかの四人は見ていないといった。

「その電車に、君たちの知り合いは乗っていなかったか？」

ときいたが、全員首を横に振った。もし知り合いの人が乗っていたら、中平を覚えているかをきくつもりだった。

セツコの、中平が乗車していたという記憶は間違いないだろう。道原が知りたかったのは、そのときの中平がどこから乗車したのかということと、連れがいたかということだった。

鳥羽の事件が発生した当時は、著名評論家になった中平のことは捜査本部内で話題にもならなかったし、道原も関心を持たなかった。だがいまは違う。中平が「蝶沢三十年会」の一人だからだ。その会員の一人が、大糸線の特急列車内で、毒入り缶ジュースを飲まされて死に、もう一人の会員は、去年の正月、山で変死していたからだ。

道原は、鳥羽古四郎が吹雪の有明駅で射殺された事件の調書を、あらためて読んだ。

捜査員は被害者鳥羽の身辺を詳しく調べているが、彼の交友関係の中に中平良成は入っていなかった。

調書に目を通してから道原は、中平の身辺を洗ってみたいと、四賀課長に進言した。

中平は鳥羽事件に関係がないかもしれないが、気になるのだと話した。

「蝶沢小の同級生が二人死んだ。過去の殺人事件が発生した直後、現場付近に一人の同級生がいた……」

課長は顎を撫《な》でながらつぶやいたが、「伝さんが気になるんなら、中平を嗅いでみてくれ」

と、宙をにらんだ。なにかを想像しているときの癖である。


道原と伏見は、今度は中平良成の背景を東京で調べることにした。

松本を早朝に発つ特急に乗るためにホームに立った。白い峰がしらを並べた北アルプスが遠望できた。きのうから冷え込むようになったのは、山の雪が深さを増したからだろう。

「おやじさん」

伏見が袖を引いた。

彼は一〇メートルほど右側で、列車に乗ろうとしているベージュ色のコートの女性を指差した。大島靖子だった。彼女は黒いバッグを提げていた。

「東京へ行くのかな?」

道原は、彼女のほうをちらりと見ていった。彼女の荷物はそう大きくなかった。

「誰かと一緒でしょうか？」

伏見は座席にすわってから、前のほうを見る恰好をした。

列車は走り出した。

「誰かと一緒かどうか、ちょっと見てきてくれ」

靖子に対する疑いは完全に晴れているわけではなかった。

宮沢が列車内で毒殺された日、彼女は仕事を休んでいた。終日自宅にいたといっているが、それを証明する人がいない。

伏見は、五、六分で戻ってきた。靖子は自由席の窓際の席にすわっているが、隣の人と話していないから、同伴者ではないだろうという。

「隣はどんな人だった」

「後ろから見たかぎりでは、髪の白い女性です」

靖子が東京へ行くのだとしたら、きょうは勤めを休むのか。平日だが、彼女にとっては休みなのか。

列車は小淵沢《こぶちざわ》を発った。伏見はまた靖子のようすを見に行った。

彼女は週刊誌を見ているという。

「隣にいる人は、六十過ぎの女性です。眠っていました」

「連れじゃないのかな?」

「靖子はきれいですね」

伏見は、彼女を正面の方向から見てきたのだ。

靖子は、暗い雰囲気を持っているが、ととのった顔立ちだ。彼女は、恋人はいないと、この前語っていた。コンパニオンとしてホテルのバーにいるのだから、異性と知り合う機会はあるはずだ。好意を持って、彼女に思いを話す男性はいそうな気がするのだが。

伏見は、そのあと二回、彼女のようすをのぞきに行った。週刊誌に飽きたのか、車窓を向いていたという。

彼女の横にすわっていた女性は八王子《はちおうじ》で降りたようだ。靖子は単独の旅行ということが分かった。

後日の参考にと、道原は靖子の乗った特急名と、彼女の服装をメモに取った。

新宿に到着した。靖子を尾行して、行き先をたしかめたい気もした。真っ直ぐ前を向いて、人混みのホームを行く彼女は、踵《かかと》の高い靴をはいていた。どんな場所に出ても目立ちそうだった。

靖子が到着ホームの階段を下りて改札口へ向かうのを見送ると、道原らは小田急線に乗り替えた。

世田谷区役所の支所へ行く前に、中平の自宅を見ることにした。ここ数年のあいだにめきめきと売り出した評論家が、どんな家に住んでいるのかという興味もあった。

中平の自宅は、駅から歩いて十分ほどを要する住宅街だった。どの家も塀で囲い、塀の上から植木をのぞかせていた。マンションもあるが、四階か五階建てで、外装に高級感が出ていた。

中平家は、緩《ゆる》い坂の途中で、コンクリートの塀があり、門は木造で和風だった。門の横がガレージになっている。

「わりに小ぢんまりしていますね」

伏見が感想をいった。

「この辺の土地は高いだろうから、そう広い土地の家には住めないと思うよ」

中平家の隣は、大きさのそろった石を積み、その上に茶色のコンクリート塀を築いていた。塀の外から一階の屋根しか見えない大きな家だった。

区役所の支所で公簿を閲覧した。

中平の本籍は品川区だった。

たいていの人が、紳士録では家族名を載せているが、中平が発表を拒んだのか、記載がなかった。

公簿を見て、家族を控えた。

妻は杏子《きょうこ》といって、三十三歳だった。中平とは二十歳離れている。子供は一人きりなのか、長女は三和子《みわこ》といって九歳だった。

蝶沢村で小学時代を過ごした当時中平は、母親と一緒だった。彼が小学校を卒えると、母に連れられて東京へ戻ったということだったが、母はすでに故人なのだろうか。公簿によると中平は家族とともに六年前に現住所に移っている。その前の住所は目黒区だった。

品川区役所で、中平の戸籍簿を見せてもらった。

母親は、四年前に七十一歳で没していた。

中平と杏子は、ちょうど十年前に婚姻している。彼は再婚だった。前の妻は梅子《うめこ》といって、彼と杏子が婚姻する約三年前に協議離婚していた。

梅子とのあいだには子供がなかったことが分かった。念のために梅子の公簿を見て現住所を控えた。

中平は、住所を転々としている。

目黒区の前は中野区、その前は荒川区、その前は台東区だった。

住所の異動を写し終えて、道原はノートのページをめくってみた。

「おい」

彼の横で、梅子の記載事項を読んでいる伏見の腕をつついた。

「これを見てくれ」

「台東区竜泉《りゅうせん》……。あっ、鳥羽古四郎の住所に近いですね」

「数番地しか離れていない」

「中平は、鳥羽のすぐ近くに住んでいたことがあったんですね」

これは注目すべきことだった。

鳥羽が殺されたとき、べつの捜査員は当然のことながら彼の妻に会っているが、中平の名は出なかったようだ。したがって中平についてはまったく関心を持たず、背後関係も調べていない。

「鳥羽が殺されたとき、彼が乗るはずだった電車に中平が乗っていた。これは偶然じゃないかもしれない」

道原は、自分のノートと中平の公簿を見比べた。

「別れた妻の梅子に会ってみましょうか?」

伏見は光る目で道原の顔をのぞいた。

梅子は旧姓の竹林《たけばやし》姓に戻っている。その住所は品川区戸越《とごし》だった。彼女は現在《いま》、五十歳である。

18

区役所の女性職員が描いてくれた地図は正確で、竹林梅子が住むマンションはすぐに分かった。

道原の想像は裏切られた。中平と別れた梅子は質素な暮し方をしているのではと、勝手に考えてきたのだが、そのマンションは濃茶のタイル張りの豪華な造りだった。オートロックの玄関扉には金色の枠がはめられていた。

管理人がいた。梅子の職業をきくと、

「ご存じなかったんですか」

といった。梅子は、銀座で高級クラブを経営しているというのだ。これも予想外なことだった。

「なんでも、ホステスが三十人ぐらいいて、飲み代は一人七、八万円ということです」

管理人は、きいた話だといった。

梅子は独り暮しで、このマンションにはすでに七年住んでいるという。

梅子の部屋の電話番号をきき、いったん外へ出て掛けた。

彼女は部屋にいた。会いたいというと、「どうぞ」と、愛想のよくない応答をした。

梅子は大柄だった。色白で、眉を細く長く描いていた。

広いリビングへ一人の刑事を上げた。高価なソファが据えてあった。

「中平のこととおっしゃいましたが、彼の最近のことは、週刊誌かテレビでしか知りません。わたしの店へきても、私生活をわたしはきこうとしませんし、彼も話しませんので」

梅子は、グリーンのコーヒーカップをテーブルに三つ置いた。

「あなたがやっていらっしゃるお店は、銀座でも一流ということですが、中平さんはそこへ飲みにこられるんですか？」

「一流かどうか。ただ、他店《よそ》より少し高いだけです。わたしは中平と別れて一年ぐらいしてから、スポンサーと知り合いました。中平と結婚する前に、銀座でホステスの経験がありましたので。……店を始めるとき、中平とは飲みにきてもらう約束でした。そのころはいまのような広い店ではありません。スポンサーに、いいときに店を始めさせていただき、少しばかりお金をためることができたんです」

最初のスポンサーと手を切り、新たに資金を援助してくれる人が見つかった。世の中の景気のよさに乗じて、広い店に変わり、美人ホステスを二十人ほど入れた。思いきった計画は当たって、店は繁盛したという。

「中平さんとは、なぜ別れたんですか?」

道原は、梅子に勧められてコーヒーに手をつけた。

「女です。現在の奥さんじゃないです。芝居をやっていた若い子とできて、家に帰らないことがありました。そのころ彼は、出版社勤めをしていて、家ではなにか書いていました。それを新聞社や出版社に持ち込んでいましたが、断わられることが多かったんです」

梅子は中平を見放した。売れっ子にならなくてもいいが、家庭をないがしろにする彼が許せず、離婚を決意したのだという。

「そのころの彼は、わたしにまとまった金を渡せるような状態じゃありませんでした。それで、『もしもあなたにお金の余裕ができたら、わたしから借金したつもりで、返してちょうだい』といいました」

芝居をやっていた女性と一緒になるのかと思っていたら、その人は、妻に去られた男に魅力を感じなくなったらしく、中平と別れるといい出したという。

したがって彼は、妻にも恋人にもフラれてしまった。

梅子は、銀座に店を出したことを中平に知らせた。開店の日に彼は花束を抱いて現われた。週に一度は飲みにきて、現金で払って行った。

広い店を開いたときも、中平は前と同じように花束を持ってやってきた。

中平は、ノンフィクション賞を受賞し、その著書が売れ、立てつづけに書いた本もベストセラーになり、しばしばマスコミに名前が載るようになっていた。

「わたしは彼にいいました。『あなたからまだ貸しを返してもらっていなかったわ。この店の子といくら遊んでも、わたしはなにもいわないけど、飲み代は一般のお客の五倍はもらうわよ』ってね」

「中平さんは、その料金を払いましたか？」

「いまでも週に一度はきます。そのたびに五倍はいただいています」

「一般のお客さんが七万円としても、中平さんの勘定は……」

「ええ。三十万円以上です。わたしに対する慰謝料ですもの。でも、今年一杯ぐらいで、一般のお客さんと同じぐらいの値段にしてあげるつもりです」

彼女は頰をゆがめて笑い、細巻きのタバコに火をつけた。

「あなたと中平さんはそのころ、どこに住んでおられましたか？」

「中野区と杉並区でした。家賃の安い、古いアパート暮しでした。わたしはパートで働いていましたが、大家さんに家賃を待ってもらった月もありました」

梅子は、自分の吐いた煙の行方を追う目つきをした。「人間て、どうなるか分からないものですね。あの人も、わたしも、現在のようになるなんて、そのころは考えてもみませんでした。わたしは彼を、いまでも大物とみていません。見えっ張りのくせに、根は臆病で、警戒心が強いし、執念ぶかい面もありますからね」

といって、クリスタルの灰皿に吸殻を押しつけた。

道原は、ノートの公簿を写し取ってきたところを開いた。中平は、住所を移っても、住民登録をいちいちしなかったようである。そこが当時の荒《すさ》んだ暮し向きを表わしているようにもみえた。

「あなたは、鳥羽古四郎という人をご存じですか?」

「鳥羽さん。……なにをしている人ですか?」

「不動産業と金融業でした」

「覚えがありません」

「ひょっとしたら、中平さんのお知り合いかと思ったものですから」

「その人が、なにか?」

「二年前の二月、亡くなりました。台東区の竜泉というところに住まいがありました。ずっと前、中平さんもその人の近所に住んでいたようでした」

「そうですか。きいたことのない名前です」

電話が鳴った。彼女はソファの背に反《そ》ったまま、男のような口調で話し、口を開けて笑った。そのようすは豪胆に見えた。

彼女に資金を出して、銀座で店をやらせた人は、彼女の性格と経営手腕を見込んだのではなかったか。

「中平さんは東京生まれですが、幼いころから小学校卒業までを、信州の蝶沢村というところで過ごしています。中平さんから、そのころのことをおききになったことがありますか？」

「結婚したてのころは、小学生のときのことをよく話しました。わたしは東京生まれで、田舎というものがないもので、彼の話が愉《たの》しかったんです」

「中平さんは、どんな思い出を語っていましたか？」

「草や花を摘んだり、小川で魚を見たり、雪の中を学校へ通ったときの辛《つら》さをよく話していました。彼は一人っ子ですから、母親に大事にされ過ぎたんじゃないでしょうか。土地の子供たちは雪の中で遊ぶのに、彼は家の中から外で遊ぶ子供たちを見ていたようでした。子供のころはあまり丈夫でなかったといっていました」

「あなたは、中平さんのお母さんをご存じでしょうね？」

「一緒に住んだことがあります。気の強いわたしが好きじゃなかったんです、お母さんは。二、三回、別居したり一緒になったり。……一緒に住むと口争いばっかり。わたしも悪かったけど、お母さんは融通の利かない人でした。気が合わなかったんです、わたしとは」

「あなたは、蝶沢村へは？」

「行ったことありません。わたしと一緒になっているあいだ、彼も田舎へは行っていなかったと思いますよ」

「蝶ヶ岳や常念岳の山麓の、平和な農村です」

「そうらしいですね。わたしは、松本へも上高地へも行ったことがありません。そういえば、彼と旅行らしい旅行をしたことは、一度もありませんでした。伊豆《いず》の伊東《いとう》へ行ったことがありましたが、日帰りでした」

梅子は、タバコの煙を細く吐いた。

「中平さんは、山登りをしたことがありますか?」

「ないでしょうね」

また電話が掛かってきた。

「いくら要るの?」男のような口調で相手にきいた。会話の内容から、相手は梅子が経営しているクラブのホステスらしかった。

「今度こそ、きっぱりと別れるんだよ」

彼女は、頭を掻きながらいった。

「中平さんは、蝶沢小学校を昭和三十年に卒業しています。その同期生で『蝶沢三十年会』というのをつくって、毎年集まっているんですが、中平さんは、それに出席していましたか?」

「きいたことがありません。わたしと一緒になっていたころは、出ていなかったような気がします。名が知られるようになったいまは、大手を振って出席しているでしょうね」

「蝶沢村以外に、安曇地方に知り合いか、縁のあるところがあるでしょうか？」

「知りません。最近のことは、おたがいに話しませんのでね」

「二年前の二月ですが、中平さんがお一人で、大糸線の普通電車に乗っているところを見た人がいます。見た人は、有名な方が、各駅停車の電車に一人で乗っていたので、意外な観がしたようです。中平さんは、ふらりとお一人でお出掛けになるような方でしたか？」

「そういうところはありましたね。わたしが家賃も払えず頭を抱えているのに、彼は鞄ひとつ持って出掛け、東北のどこそこへ行ってきたなんていうことがありました。どうせ女と一緒だったんだろうって、わたしはみていましたけど。子供がなかったせいか、生活のことを真剣に考えてくれないんです。わたしは彼のお母さんのことにまで気を遣わなきゃならないのに」

夫婦喧嘩《げんか》が絶えなかったと、彼女は当時を振り返って、うすく笑った。

ききたいことを思いついたら、また伺うと道原はいって、ソファを立った。

「どんなことで中平のことをお調べなのか分かりませんが、彼は大それたことのできる男じゃありません。いまはたまたま売れていますが、根は小心者です。あれで、人に対する思い遣りがあったらね。自分のことしか考えないような男です。わたしは彼が憎くていうんじゃありません。ほんとうなんですから」

彼女は髪に手を入れ、銀座の店へ寄ってくださいといって、裏に地図を刷った名刺をくれた。店の名は、「クラブ梅や」だった。

19

警視庁下谷《したや》署へ寄った。刑事課長に会い、二年前の二月十日に、大糸線有明駅ホームで殺された鳥羽古四郎の事件を、掘り返していると話した。

鳥羽の当時の住所は、下谷署から歩いて七、八分のところだった。

刑事課長は、管轄の交番に、鳥羽の家族が現在も住んでいるかを問い合わせてくれた。

鳥羽の家族の住所は変わっていなかった。そこには妻の房江《ふさえ》と、娘の家族が同居しているという。

鳥羽房江は中学校のすぐ近くの、木造二階建ての古い家に住んでいた。彼女は六十二歳で、髪は白かった。

彼女は、訪れた二人が豊科署の刑事と知って、眉を曇らせた。二年前の雪の日を思い出したようである。

道原は彼女の顔に見覚えがあった。松本の大学医学部で、娘とともに夫の遺体と対面したあと、豊科署員に案内されてやってき、捜査員に事情をきかれている彼女を、近くから見ていたのだった。そのときよりも、房江はひと周り小さくなったように見えた。

犯人の目星はまだつかないと、道原は報告して頭を下げた。

「主人は、商売で人にお金を貸していて、それの取り立てがやかまし過ぎるといって、恨みに思っていた人はいるようでしたが、返していただかないと、うちはやっていけないのですから、しかたのないことでした」

鳥羽は、商売のもつれから殺されたものと、彼女はみているようだった。

当時捜査員は、鳥羽の債務者を徹底的に洗った。不審を持った債務者については、事件当日のアリバイを確認した。だが、容疑者は挙がらなかった。

不動産業の取引き関係者にも捜査の範囲を広げたが、結果は同じだった。

取引き関係者の中には、鳥羽を快くみていなかった人が何人もいた。だが、殺すほど彼を恨んでいそうな人間をさがし出すことはできなかった。

「奥さんは、中平良成さんをご存じですか？」

「知っています。すっかり有名な人になって」

「この近くに住んでいたから、お知り合いに？」

「そうです。もう二十年、もっと前だったでしょうか。そこの角にあるアパートに住んでいました。そのころ中平さんは、どこかにお勤めでした」

「近所に住んでいたというだけですか？」

「どういうきっかけでお知り合いになったか忘れましたが、主人とは気が合って、中平さんを何度かうちへ食事にお招《よ》びしたことがありました。面白いことをいう方で、主人もわたしも、笑いながらお話をきいたものです」

「最近も、中平さんは見えますか？」

「ずっと前に、住んでいらしたアパートを引っ越されたあとは、お見えになりません」

「そのころに中平さんは、どなたかと一緒に暮していましたか？」

「初めは、お母さんと同居していらしたようでしたが、いつの間にか、お母さんはいなくなりました。中平さんは結婚していたのか、わたしは知りませんでしたが、女の方と住んでいらっしゃいました」

「中平さんは二度目の結婚をしています」

「初めの奥さんが、そこのアパートにいたころの人なんでしょうか。どんな方だったか、もう覚えていませんが」

「アパートを出て行ってからも、ご主人は中平さんとお付き合いしていたようですか？」

「さあ、どうだったでしょうか」

　記憶していないという。

「ご主人が被害にお遭いになったことは大きく報道されましたから、中平さんの目にも触れたはずです。中平さんは、ご主人のお葬式に参列されたでしょうね？」

「そういえば、おいでになりませんでした。主人のことは、テレビや新聞でご覧になったでしょうが、ずっと前にご近所にいらしたというだけの知り合いでしたから、葬式にまでは……。それにあの方は有名になられて、わたしたちのことなんか、とうに忘れてしまったと思います」

　そうだろうか。いまは世間に名を知られ、羽振りもよさそうだが、恵まれなかったころのことや、そのころ知り合った人のことは忘れないものではないのか。房江の話によると、中平は鳥羽の自宅に招かれて、飲食をともにしたという。中平は鳥羽の招待を喜んで受けていたのではないか。

　中平がこの近くのアパートに住んでいたのは、約二十年前であるという。

　彼が住んでいたアパートは、すでに取り壊され、現在はマンションになっているが、家主は同じであり、中平がいたころに同じアパートに住んでいた一家が、新しくなったマンションに入居しているという。

マンションの家主は、隣接の米屋だった。六十過ぎの主人の頭は薄かった。

米屋の夫婦は、道原の名刺を見て、

「以前も、長野県警の刑事さんがおいでになりました」

といった。

鳥羽が殺された直後、出張してきた捜査員が、彼の背景を近所で聞き込みしたのだった。

「鳥羽さんを殺した犯人は、まだですか？」

米屋の主人は、店の奥で二人の刑事に椅子を勧めた。

「なにしろ、現場に犯人の痕跡がない難事件です」

道原がいった。

「鳥羽さんが殺されたときは、吹雪だったそうですね」

「激しく降っていました。ですから、犯人の姿を目撃した人もいないようです」

「鳥羽さんは、どうしてあんなことになったんでしょうね」

細君がいった。

道原は、中平良成を覚えているかときいた。

「ええ。覚えています。四年間ばかり、うちのアパートにいた人ですから」

主人がいうと、

「最近はテレビにも出て、すっかり有名になって」

と、細君がお茶を注《つ》いでいった。

「中平さんの当時のことを思い出していただきたいのです」

「中平さんの……。なにかの事件に関係があるんですか？」

主人は、身を乗り出すようにした。

「中平さんの小学校時代の同級生が、被害に遭った事件を調べています。参考までに、中平さんの若いころのことを知りたくなりましてね」

「うちのアパートにいたのは、二十年ぐらい前です。中平さんは、いま五十二、三でしょうから、三十代前半でした」

「一時、お母さんと一緒に住んでいたとか？」

「一年ばかりお母さんと同居していましたが、中平さんに女の人ができたからでしょうか、お母さんは別居しました。ときどきは見えていましたが」

「中平さんは、女性と同居していたということですが？」

「岡島《おかじま》さんという、そのころ二十二、三歳の人でした」

「名字をよく、覚えていらっしゃいますね」

「中平さんと別れてから、手紙を何度かもらいました。それで名前を覚えています。岡島さんの手紙は、いまもしまってあるはずですが」

細君はそういうと、奥へ引っ込んだ。

彼女は、封書を二通持って戻った。

差出人は岡島真左子《まさこ》で、住所はいずれも札幌市だが、移転したのか区町名が変わっていた。

「おとなしくて、家庭的な感じの人でしたが、中平さんとどうして別れたのか分かりません。別れると出身地の北海道へ帰りました。ここにいるときは世話になったといって、こうやって手紙をくれました」

岡島真左子の住所を、伏見が書き取った。

消印を読むと、一通は一九七六年二月。もう一通は一九七八年七月だった。

それを見て、道原はノートを開いた。

中平が竹林梅子と婚姻したのは、昭和五十一年（一九七六）十一月である。

岡島真左子は、中平と別れて北海道へ帰り、東京で世話になったアパートの家主に、礼状を書いたのだろう。

中平は、真左子と別れた年に、現在は銀座で高級クラブを経営している竹林梅子と結婚したということか。

「当時の中平さんは、収入が不安定だったのか、経済的に苦しくて、岡島さんが、うちへきて、家賃を待ってもらいたいということがたびたびありました。あの人の顔を見ると可哀相《かわいそう》で、『気にしないでいいよ』っていってやったものです」

細君が思い出を語った。

「岡島さんは働いていなかったんですか？」

「浅草の履物問屋に勤めていました。中平さんは別居しているお母さんの生活を全面的にみていましたから、生活はキツかったんです」

「二人は、なぜ結婚しなかったんでしょうか？」

「それは分かりません。わたしたちは、結婚しているものとばかり思っていたんですが、岡島さんが中平さんと別れて、北海道へ帰るとき、籍が入っていなかったのを初めて知ったんです」

当時、中平が鳥羽家へ招かれていたことを知っているかと、道原はきいた。

米屋の夫婦は、初耳だと答えた。

中平と鳥羽は、二十数年前に知り合った。中平が鳥羽家に招かれたことがあるのは、米屋が経営するアパートに居住していた約四年間だろう。

そのころ中平は岡島真左子という女性と、一緒に暮していた。彼は彼女と別れると、そのアパートを出て行った。

彼は真左子と違って、家主に礼状など送らなかった。

彼は母親と一緒に暮していたようだが、どんなきっかけからか、竹林梅子と知り合い、やがて結婚した。梅子の話では、中平の収入は少なくて、アパートの家賃を待ってもらったことも一再でなかったという。

当時から中平は、ものを書いて、新聞社や出版社に持ち込んでいたようだが、いわゆる芽が出なかったのだ。

道原がいま知りたいことは、中平が台東区竜泉のアパートを退去した後も、鳥羽との交友関係があったかという点だ。

もしも交友関係が、鳥羽が凶弾に倒れるまでつづいていたとしたら、中平を捜査圏内において考えなくてはならない。

中平と鳥羽は、近所に住んでいたため、たまに夕食を摂《と》るだけの間柄だったのだろうか。

20

鳥羽古四郎が殺害された直後の捜査では、彼の交友関係の中に、中平は入っていなかった。ということは、住所が近かったころの付き合いに過ぎなかったのだろうか。

「中平と鳥羽が、どの程度の付き合いだったかを、詳しく知る必要がある。どうやったら、それが分かるかな？」

道原は伏見に問い掛けた。

「二十数年前の中平の身辺をよく知った人に会いたいですね」

「そのころをよく知っている人といったら、彼と別れた岡島真左子だな」

彼女は、いまも札幌市にいるだろうか。

道原は四賀課長に電話し、岡島真左子に会ってみたいといった。

いつものことだが、課長は二、三呼吸考えていたようだが、

「伝さんが必要だと思ったら、北海道へでもどこへでも行ってくれ」といった。

道原は、北海道警察へ、真左子の住所の確認を依頼してもらいたいといった。

一時間後、真左子の住所が分かった。竜泉の米屋に出した手紙の住所と同じだった。

米屋の記憶だと、中平と一緒になったころの真左子は二十二、三だったというから、現在は四十六、七歳ではないか。彼女の住所が十八、九年変わっていないのは、結婚していないということなのか。

おとなしくて、家庭的な感じのする女性だったというが、札幌では好さな男性にめぐり会えないのだろうか。

早朝の便で札幌へ飛んだ。

飛行機の座席は八〇パーセントがた埋まっていた。乗客にはビジネスマンらしい人が多かった。

約一時間半のフライトだが、道原はその半分のあいだ眠っていた。

間もなく千歳《ちとせ》空港に到着するというアナウンスで目を開けた。

「疲れているようですが？」

伏見がきいた。

「宮沢が被害に遭って、きょうで十日だ。君のほうも疲れているだろう」

「ゆうべは、なんだかだるくて、すぐに眠れませんでした」

「おれも同じだった。一本飲んで、ベッドに入ったのにな」

ほんとうは、ワンカップの酒をもう一本飲みたかったのだが、出張中ということで自制したのだった。

列車で札幌駅に着いた。きのうは小雪だったというが、きょうは薄曇りだ。

地下鉄を降りて外へ出ると、風が冷たかった。

「信州よりも寒いな」

道原は、コートの襟を摘《つ》まんだ。

豊平《とよひら》区の真左子の住まいであるマンションは、小さくて古かった。なんとなく現在の生活振りが窺《うかが》えるようなたたずまいだった。

彼女の部屋の入口には、「岡島」と書いた小さな表札が出ていた。

彼女は不在だった。勤めているのではないか。

マンションの前の道路に立って、道原らをじっと見ている男がいた。家主だった。

岡島真左子を訪ねてきたというと、彼女の勤務先を教えてくれた。ススキノに近いスポーツ用品店だった。

家主の話で、彼女が一人暮しであることが分かった。

「きちんとした、真面目な人ですよ」

家主は、礼をいった刑事につけ加えた。

真左子が勤務しているスポーツ用品店は、デパートの隣だった。かなり規模の大きな店である。

彼女は事務社員だった。紺色のユニホーム姿の彼女は、小柄で痩せていた。訪ねてきた二人の男が刑事だと知って、丸い目をした。

「中平良成さんのことを伺いにきました」

道原がいうと、

「中平さん……」

彼女は顔色を変え、胸に手を当てた。四十六歳だが、いくつか若く見えた。

「外には出られないでしょうね？」

彼女は周りを窺うような表情をしてから、同僚に断わってくるといって、事務室へ入って行った。踵の低い靴は古そうに見えた。

彼女は、セーターを着てすぐに出てきた。

話をきくのに適当な店はないかと彼女にきいた。

「この裏側にホテルがあります」

彼女は先に立って階段を下りた。店を出たところですれ違った男に頭を下げた。

服装は地味で、身動きには素朴な観がある。

ホテルのティーラウンジで、正面から道原と伏見に見つめられて、彼女は肩を硬くした。

「あなたは、札幌のお生まれですか？」

道原は、真左子の気を和《なご》ませるようにきいた。

「生まれたところは留萌《るもい》です」

高校を出てすぐに上京して、浅草の履物問屋に就職したのだと語った。

「留萌なら、ご両親は漁業ですか？」

「ずっと前は、炭坑にいました。廃坑になってから両親は、市場で働いています」

「二十何年も前のことを思い出していただくことになりますが……」

道原はそういって、彼女の反応を見ながら、コーヒーを飲んだ。

「中平さんとあなたは、台東区竜泉のアパートで暮していましたね？」

彼女は小さくうなずいた。目は伏せたままである。

「中平さんの、現在の活躍はご存じですか？」

「ときどき新聞に写真が載っているのを、見ることがあります」

「あなたと一緒のころは、勿論、いまのようではなかったでしょうが」

「五年か六年前に、初めてテレビで中平さんを観たときは、とても意外でした」

「意外というと？」

「それまで、本を何冊も出していたようですが、わたしは知りませんでした。あの人が現在のようになるなんて、想像もしていなかったものですから」

「中平さんと暮していたころは、あなたもご苦労があったでしょうね？」

「中平さんもわたしも勤めていましたが、彼のお母さんの生活の面倒をみなくてはなりませんでしたので……」

彼女は当時を思い出してか、軽く頭を振った。

中平となぜ別れることになったのか、さしさわりがなかったら教えてくれと、道原はいった。

「急に別れてくれないかといわれて、わたしはびっくりしました。なぜなのか、訳が分かりませんでした」

「理由を中平さんにききましたか？」

「彼のお母さんが、わたしを気に入らないということでした。それを彼にいわれたわけではありません」

「お母さんにいわれたんですね？」

「いいえ。近所の方にです」

「近所の人。……というと、アパートの大家さんですか？」

「アパートの大家さんには、とても親切にしていただきました。……ある日、思いがけない方にわたしは呼ばれたのです」

「どなたですか？」

「御徒町《おかちまち》駅の近くに会社のあった、鳥羽さんという方です」

「鳥羽さん……」

道原と伏見は、顔を見合わせた。

「不動産業の鳥羽古四郎さんですか？」

「そうです」

「鳥羽さんは、あなたにどんなことをいったんですか？」

「中平さんは、二、三日旅行するといって帰ってきませんでした。そのあいだに鳥羽さんがアパートへおいでになって、話があるからあした会社へきてくれといいました。鳥羽さんの会社へ伺ったのは、日曜日でした。鳥羽さんはわたしに、中平さんと別れなさいといいました。お母さんがわたしを気に入らなくて、中平さんは板ばさみになって困っている。そのことを直接わたしにいえなくて、ずっと苦しんでいたということでした」

「それまでにそういうところが見えましたか？」

「わたしにとっては寝耳に水でした。彼もお母さんもそんなふうにわたしを見ていたなんて、少しも気づきませんでした」

「鳥羽さんからそれをきいて、あなたは承知したんですか？」

「納得できませんでしたが、わたしは彼に嫌われたことを知りました」

「二、三日して、中平さんは帰ってきましたか？」

「帰ってきましたが、なにもいってくれません。わたしは別れる決心をしました。嫌われている人と一緒に暮していることはできませんので」

真左子は、悔しい思いをしたのを思い出してか、ハンカチをきつく握った。

彼女は、東京に残ろうか、北海道へ帰ろうかとしばらく迷ったという。

「どちらにしてもお金が必要でしたので、それを彼にいいました」

「工面してくれましたか？」

「次の日に、三十万円持ってきて、これでなんとかしてくれと、彼はいいました」

道原は、二十年前の三十万円の値打ちを考えた。

東京では、アパートの部屋を借りるのがやっとだろうと思った。

「お金よりも、いいにくいことを他人にいわせたことが悔しくて……」

彼女の語尾が震えた。ハンカチを口に当てた。周囲にいる人たちが、こちらを見ているようだった。

21

中平は気が引けてか、母親の住所へ泊まっているらしく、帰ってこなかった。

「わたしは、急に東京にいるのが嫌になりました。それで札幌にいる友だちを頼ることにして、荷物をまとめました。勤め先の社長に、北海道へ帰らなくてはならなくなったといいましたら、退職金といって、中平さんがくれたお金よりも多い金額をくださいました。そのお金で、たまっていた家賃の一部を払いました。さんざんお世話になったのに、お米屋のご夫婦は、『元気を出すんだよ』といって、餞別《せんべつ》をくださいました」

伏見が下を向いて、鼻を押さえた。

道原の胸を熱いものが込み上げた。

「冬だったそうですね？」

道原は、唾を呑《の》み込んでいった。

「成人の日でした。上野駅へ行くまでの間に、晴れ着姿の人を何人も見ました」

「列車で？」

「飛行機よりも安かったものですから」

翌日、札幌に着いた。友人が駅頭で迎えてくれたが、その日は吹雪いていたという。

真左子は、広いガラスを張った窓に顔を向けた。その横顔は、二十年前の吹雪の日を思い出しているようだった。

「友だちに頼んでおいたものですから、住むアパートが決まっていました」

彼女は、窓を向いたままいった。

「お友だちに、中平さんのことを話しましたか？」

「いいえ。わたしが恥ずかしい思いをするだけですから」

「中平さんを恨んだでしょうね？」

「悔しくて、眠れない夜がありました。なぜ居すわっていなかったのだろうと、札幌へきたことを何度も後悔しました。飛行機ならわずかな時間で行けますが、わたしにとっては東京は遠いところです。取り返しのつかないことをしたと思った日もありました」

「留萌には帰りましたか?」

「二年ばかり、札幌にいることを両親に知らせませんでした。わたしは六人兄妹の四番目です。一人ぐらいどうなっても、親は心配しないものと思っていました」

彼女の母親は、東京で彼女が住んでいたアパートの家主に電話で消息を問い合わせたという。住所を知らせていなかったのに、母親から手紙が届いた。それを読んだあと、留萌へ行き、両親にも別居している兄妹にも会ってきたという。

「あなたに中平さんと別れることを勧めた鳥羽さんには、それまで何度か会っていましたか?」

「お会いしたことはありませんでした。中平さんからお名前をきいていただけです」

「中平さんは、鳥羽さんと親しかったようですね?」

「鳥羽さんのお宅へ招ばれて行ったこともありました」

中平が彼女と別れぎわに渡した金は、鳥羽に借りたのではないのか。

鳥羽の妻房江は、中平がアパートを引っ越して行ってからは会っていないといっていたが、夫の鳥羽と中平は、その後も交友がつづいたような気がする。

「中平さんと別れてから、彼にお会いになっていますか?」

「一度も会っていません」

「手紙とか電話は？」

「それもありません」

「中平さんは、評論家として名を成した。それをあなたはどんなふうに見ていますか？」

「あの人が有名になって、テレビで話しているのを見ると、わたしには別人としか映りません。わたしには、彼の才能を見抜く目がなかったのだと思います」

「現在の中平さんの私生活はご存じないでしょうね？」

「はい。どこに住んでいるのかも……。お子さんはいるのでしょうか？」

「九歳の女のお子さんがいます」

道原は、中平は再婚だといわなかった。

中平は、真左子と別れた年に、竹林梅子と婚姻している。その梅子は真左子とは大違いで、中平と別離すると、スポンサーの援《たす》けを借りて、銀座でクラブを始めた。現在は、初めのクラブより広くて高級な店を経営している。梅子は、中平に愛想をつかして別れたということだった。

「あなたは、いまも中平さんが憎いですか？」

「思い出せば憎くなります。でも、いまはその感情は薄くなって、泣いたり、眠れなかったりすることはありません。あのような仕打ちをする人を、一時ですが、わたしは好きになってしまったのですから」

彼女は札幌にきてから、一度も東京へ行っていないといった。乾ききった砂漠を見るような気になるからだろうか。

「札幌にこられてから、ずっといまの会社に?」

道原はノートをポケットにしまってきいた。質問が捜索とは関係のないことを彼女に示したのである。

「いまの会社に入って十一年になります。こっちへきて、勤め先を四回も変えました。若いときしか勤められないところにもいました」

彼女は、自分の手を見るように顔を伏せた。彼女は道原と同い歳である。

「あなたは、鳥羽さんが亡くなったのをご存じでしょうね?」

「知りません。あのときお会いしただけで、その後の消息は知りませんので」

「亡くなったのは、二年前の二月です」

「そうでしたか……」

彼女は、なぜ鳥羽が死亡したことをきくのかという顔をした。

「殺されたんです」

「えっ。お住まいでですか?」

「長野県内の大糸線に有明という駅があります。激しい吹雪の二月十日の午後、ホームで胸を撃たれたんです」

「犯人は？」

「まだ挙がっていません」

「知りませんでした。めったに新聞を見ないものですから」

テレビでも報道されたが、社会の出来事に関心を持っていないから、気がつかなかったのではないか。

真左子は、胸に当てていた手を握ると、

「刑事さんは、鳥羽さんのことで、わたしに？」

と、目の色を変えた。

「あなたが鳥羽さんをご存じだと思ったから伺ったのではありません。中平さんと鳥羽さんが、どんな間柄だったかを知っておきたかったからです」

道原は、真左子のことを、竜泉のアパートの家主からきいたのだといった。

彼女は懐しそうに、表情を一瞬和ませたが、

「中平さんと鳥羽さんの間柄が、重要なのですか？」

と、眉間をせばめた。

道原はカップの底に残ったコーヒーをすすった。どこまで彼女に語ってよいものかを、自分の裡《うち》で検討したのだった。

「鳥羽さんが被害に遭う直前まで、中平さんがお付き合いしていたのだとしたら、私たちは、中平さんに対する見方を考え直さなくてはならないんです」

「中平さんのことは思い出したくもありませんが、大事なことでしたら、話してください。彼が鳥羽さんの事件で疑われているのですね？」

「じつは、鳥羽さんが乗ろうとしていた電車に、中平さんが乗っていたんです」

「えっ……」

彼女は、急に血が引いたような顔をした。

「中平さんは、鳥羽さんと、その駅のホームに一緒にいたということなんでしょうか？」

「それは分かりません。一緒にいたのだとしたら、私たちは中平さんから事情をきいています」

「彼にお会いになりましたか？」

「いいえ。一度も。……ある人の話ですと、中平さんは、ふらりと一人で旅に出ることがあったそうですね？」

「わたしと一緒にいたころは、そういうことはありませんでした。旅行するような余裕がなかったものですから」

真左子は、また広いガラスの窓に顔を向けた。道路をひっきりなしに人が行き来しているが、彼女の目はそれを映しているようではなかった。

ウェートレスが、彼女の名を呼んだ。会社から電話が入ったようだ。

彼女は小走りに出て行ったが、五、六分で戻った。

勤務中に呼び出して悪かったと、道原は頭を下げた。

「お気になさらないでください」

彼女は椅子に腰掛けた。中平と鳥羽の関係を考えているようでもあり、あるいは窮乏時代に四年間、生活をともにした中平が、現在売れっ子となっている不思議に、頭を傾げているようでもあった。

もしかしたら真左子も、先妻の梅子も、現在の評論家中平良成を、認めていないのではなかろうか。

真左子に、もうきくことはないかと、道原は伏見に目できいた。

伏見はうなずく前に、真左子に優しげな視線を投げた。彼にしては珍しいことだった。

彼女が勤務時間中でなかったら、道原はもっと話していたかった。土の匂いといおうか、野に咲く小花のような、可憐《かれん》なかたちをしていながら、土に深く根を張っていそうな雰囲気を持っている人だった。

中平が、もしこの人とずっと一緒だったら、どんな人間になっていただろうか。

22

岡島真左子と別れると、捜査本部に連絡を入れた。

宮沢種継の捜査は完全に暗礁に乗り上げたも同然で、お手上げだと、四賀課長はいった。

「伝さんに、女性から電話が入った」

「誰ですか?」

「竹林という人だ。電話があったとだけ伝えてくださいといって、こっちがなにもきかないうちに切られてしまった」

「竹林……。あ、竹林梅子でしょう。中平良成の前の細君です」

「そうか。銀座で高級クラブを経営しているという」

「中平のことでなにか思い出したんでしょうか」

「捜査に役立つことだといいがな。……札幌では、なにか収穫があったかね?」

「岡島真左子と話して、いま別れたところです。彼女は、二十年前に中平に棄てられた女性です。私と同い歳ですが、少女のような素朴さを持っています。そういう人だから、中平は棄てることができたんでしょうね。前の細君と岡島真左子の話には共通するところがあって、中平は女性に対しては身勝手な男なんですね」

「中平という男は、女性にモテるのか、いろんな女性と暮したり、別れたり……」

「竹林梅子と別れた原因は、女性でした。芝居をやっていた人ということですが、その人を東京でさがし出したいと思っています」

「もう、東京へ戻るのかね？」

「ほかに当てがありませんので」

「折角、北海道まで行ったのに、うまい魚やカニを食う暇もないね」

「昼飯にイクラ丼でも食べます」

「あれはうまいねえ」

四賀課長と話していると、捜査目的を忘れそうである。

梅子の自宅へ電話したが、不在らしく応答がなかった。

航空会社の営業所へ寄って、東京行きの空席をきいた。どの便にも乗れるといわれた。

札幌駅近くの和食の店でイクラ丼を食べた。伏見は大盛りだった。

メニューを見ると、「焼きタラバ」というのがあった。熱燗《あつかん》で一杯飲《や》りたくなる。

飛行機は、朝の便よりすいていた。

羽田空港で、梅子に掛けたが、やはり出なかった。

「中平に直接会いましょうか?」

伏見がいった。

「一度は会わなくてはな」

伏見は、一〇四番で中平良成の事務所の番号を調べた。赤坂のホテル内にあることが分かった。

道原は、二、三分迷っていたが、伏見の調べた番号を叩いた。

若い女性の明るい声が、「中平事務所でございます」と応じた。

中平はいるかときくと、

「どちらさまでしょうか?」

ときいた。馴《な》れた感じの応答だった。

「道原といいます」

「どちらの道原さまですか?」

「長野県です」

「どういったご用件でしょうか?」

彼女は、中平がいるともいないともいわずにきいた。

「中平さんにお会いしたいのですが、いらっしゃるんですか?」

「旅行中でございます」

「ご遠方ですか？」

「沖縄へ、講演に行っております」

「いつ、お帰りですか？」

「明日、帰る予定でございます。急用でいらっしゃいましたら、ご用件を伝えておきますが」

「いや。またご都合をお伺いします」

ややや高い声で応答した女性は秘書だろうか。

道原は、また梅子に掛けた。やはり不在らしい。

彼女にもらった名刺を見て、銀座の店へ掛けた。夜の商売だ。まだ誰も出勤していないのではないかと思ったが、「クラブ梅やでございます」と、男の声が応じた。

ママに連絡を取りたいというと、店にいると、男は答えた。

「七時には手がすきますので、お店へおいでになりませんか」

梅子は、もう何年も付き合いをしている人にいうような言葉遣いをした。

いまは午後五時を回ったところだ。まだ客は入っていないだろうが、酒場の経営者というのはたまには昼間も仕事があるものらしい。

道原には、銀座のクラブは気が引けた。それに梅子の店は、一人七、八万円もする高級店という。

道原と伏見は、空港の売店を見て回った。

羽田空港は以前よりも、一周り大きくなった。そのぶん、利用者が多くなったのだろうか、飲食店にも売店にも人が大勢いる。

伏見は、書店の棚の前で派手なカバーの本を立ち読みしている。

二人はカウンターだけの店でコーヒーを飲んだあと、モノレールに乗った。

クラブ梅やは、新橋寄りだった。歩道のある通りのビルの地下だった。「クラブ梅や」の紫色の看板は目立っていた。

その前を通り過ぎてから、梅子に電話した。外へ出てきてもらいたかったが、彼女はぜひ店へきてくれといった。誰にもそうなのだろうが、男のような口調だった。

階段を下りると、ガラス張りのドアがあり、黒服の男がドアを開けて腰を折った。

店内は静かだった。かすかに音楽が鳴っていた。

「お客さんが入っても、ここはわりと静かですので、お話はできますよ」

黒っぽい和服の梅子は、鉤《かぎ》の手になった店の奥のボックスへ道原と伏見を案内した。カウンターの近くのボックスにかたまっていたホステスが、「いらっしゃいませ」と、声を掛けた。

きょうは新しいホステスを採用するために店で面接していたのだと、梅子はいった。

客はまだ一人も入っていないようである。

「広いお店ですね」

道原は見回した。

梅子はにこりとし、水割りでよいかときいた。

道原は仕事だからというと、

「たまには、こういうところで、ゆっくりなさってください。お仕事も大事でしょうが、一晩ぐらいは」

梅子は、白っぽい和服のホステスにウイスキーの水割りをつくらせた。

黒服がテーブルに運んできたウイスキーは、道原が見たことのない物だった。氷を入れたガラスの容器は、表面がゴツゴツした豪華な物で、グフスは淡いライトを受けて輝いていた。

緑色のスーツのホステスがやってきて、道原と伏見のあいだへ割って入った。彼女と水割りをつくる和服の女性は、いずれも三十歳見当だった。

道原は梅子に、電話をもらった礼をいった。

「思い出したんですよ」

「なにをですか?」

道原はきいた。

二人のホステスは、梅子と道原らの会話をきいていないような顔をしている。

「彼とわたしが別れるきっかけになった女がいたって、きのうお話ししましたね」

彼というのは中平のことだ。

「たしか、芝居をやっていたとか」

「その人が所属していた劇団の名を、思い出したんです」

これは貴重な情報だ。道原は、梅子が中平と別れることになった女性をさがすには、どうしたらいいかをきのうから考えていたのだ。

「『火鳥《ひどり》』という劇団です。以前はよくテレビで、その名を目にしたものです」

「東京の劇団ですか?」

「そうだと思います。どうやって彼は知り合ったか知りませんが」

「なんという女優さんですか?」

「前川《まえかわ》いずみという名です。いま三十半ばでしょうね。テレビに出る女優じゃないと思います。もしかしたら、もう芝居をやめてしまっているか……」

梅子も水割りに口をつけた。

「厳しい世界だそうですからね」

二人の美人ホステスは、一言も口を利かなかった。

伏見は、からだを横にして、梅子のいったことをノートに控えた。

「いらっしゃいませ」

という女性の声がして、道原たちの斜め前に当たるボックスに、三人連れの客がすわった。

梅子は、客のほうを見るとおじぎをした。なじみの客のようである。

つづいて右手のボックスにも二人連れが入ってきた。どのボックスにも二、三人のホステスがすわった。

ホステスの半数は和服だった。店の雰囲気を豪華に見せるために、和服を着させているようだ。

店が混んでくると、道原はすわっているのが気になった。

彼の気持ちを梅子は見て取ったらしく、

「ゆっくりなさっていてくださいね」

といって椅子を立った。べつの席にいる客に挨拶をするらしい。

道原も伏見も、所詮は田舎者だ。捜査でスナックなどへ行くことはたびたびあるし、銀座のクラブへ人を訪ねたこともあるが、これだけ広く、これだけホステスを置いている店は初めてだった。

刑事だから、人にものを尋ねるのは商売だが、今夜の二人には話題がなかった。

和服のホステスは、

「ママのお知り合いのようですね?」

と、グラスを白い手で包んできいた。

「ええ。まあ……」

道原は曖昧な返事をした。

伏見は黙っていた。彼も居心地がよくなさそうだ。

スーツのホステスが、伏見の膝に手を置いて、

「陽に焼けていらっしゃるようですが、ゴルフで?」

と、親しげにきいた。客を気楽にさせようと愛想をいっていることが分かった。

「いや。いつも外に出ているもんだから」

こういうところにくると、伏見もぎこちない。

斜め前の席にいる客の男は、ホステスに冗談でもいっているのか、赤い口を開けて笑っている。

鉤の手になっている角のボックスに、またあらたに客がすわった。三人連れで、一人は恰幅がよかった。六十近そうで、髪は白かった。白いジャケットにスポーツシャツを着ている。

その男に、梅子が腰を折った。この店の上客のようだ。

このような値段の高い店へちょくちょくくるのは、どういう職業の人なのか。

きのうの梅子の話では、中平は週に一度はきて、一般の客の五倍の飲み代を払わせ

られているということだった。

初めてきながら客の素姓をホステスにきけないから、道原は、スポーツシャツの男をちらちらと見ていた。彼と一緒にきている二人の男は比較的若かった。

「この店は繁昌《はんじょう》しているんだね」

道原は和服のホステスにきいた。

「そうでもありません。ここから見ていると混んでいるようですけど、向こう側はガラガラです」

見えない部分には客が入っていないというのだ。

裾の長い白いドレスのホステスが、スポーツシャツの男の席へ近づいた。ママの梅子がその女性を客に紹介しているようだった。ドレスの女性は、何度も頭を下げてから、客のあいだにすわった。彼女がこちらを向く位置になった。

「あっ」

道原は、思わず声を出すところだった。

白いドレスのホステスは、なんと大島靖子だった。

道原は、横のホステスと小さな声で話している伏見の脇腹をつついた。

伏見も、靖子を見て目を見張った。

23

靖子のほうは、奥の席の道原と伏見には気づいていないようだった。

靖子を松本駅のホームで見掛けたのは、きのうの朝だった。彼女は道原たちと同じ特急に乗った。

どこで降りるのか、誰かと一緒なのかを、列車内で伏見に監視させた。

彼女は終着の新宿まで乗っていた。

宮沢種継の事件では彼女をマークした。現在も彼女を完全にシロとみているわけではない。

宮沢が被害に遭った日、彼女は勤めを休んでいた。終日、自宅にいたといっているが、それを証明するものもないし、見た人もいない。

彼女には、宮沢を殺す動機がある。それは母から受け継がれているものなのだ。

その靖子が、銀座のこのクラブにいる。いまようすを見たかぎりではホステスのようだ。

道原は、水割りグラスを手にして、和服のホステスに低声《こごえ》で靖子のことをきいた。

「あの子、きのう面接にきたんです。ママが気に入って、働いてくれないかっていったんです。彼女は、初めてだから二、三日やってみて、やれそうなら働くといったそうです。お客さん、ああいう子がお好きですか？」

「どこかで見掛けたことがありそうな気がしたもんだからね」

彼は、和服のホステスの名をきいた。すると彼女は帯のあいだから名刺を取り出した。角を丸くした小型の名刺だった。

靖子がこちらを向いてすわっているから、道原は立てなくなった。

三十分ほどすると、靖子はべつの席に移った。

ママがほかの常連客に靖子を紹介しているのではないか。常連客だけでなくて、道原らの席にも彼女を連れてきそうな気がした。そう思うとますます居心地が悪くなった。

伏見は、手洗いへ行った。それは口実で靖子がどこにいるかを見に行ったようだ。

彼は戻ってくると、いまのうちに出たほうがいいと耳打ちした。

梅子がやってきた。

道原が帰るというと、引きとめたが、肥えた彼女の影になるようにして、ガラス張りのドアへ急いだ。

「お忙しいところを、無理矢理きていただいて、すみませんでした」

梅子は如才なかった。

またききたいことがあると思うが、そのときはよろしくというと、

「ええ。いつでもどうぞ。きょうあたりは、中平が見えるころですが」

といった。梅子は、中平が沖縄へ講演に行っていることは知らないようだ。

ひょっとしたら、中平は沖縄へ行っているのでなくて、秘書にそういわせているということも考えられる。梅子のほうが、彼のスケジュールを正確に摑んでいるのではないか。


道原と伏見には、東京出張のたびに泊まるホテルがある。西新宿の高層ビル群の脇にあるビジネスホテルだ。

そこへ着くと、電話帳で「劇団火鳥」をさがした。

それは池袋にあった。

ついでに個人別電話帳で「前川いずみ」をさがした。見当たらなかった。

伏見は、大学の同級生が六本木のテレビ局の芸能部にいるといった。その男にきけば、あるいは前川いずみのことが分かるのではないかと、電話を掛けた。

テレビ局に同級生はいなかったが、出先が分かっているといわれ、そこへ掛けた。

同級生は、六本木のバーにいた。

伏見はネクタイをゆるめて、同級生としばらく話していた。

「飲みにこないかって、誘われました」

　電話を切ると伏見はいった。

「行ってくればいいじゃないか」

「そんなことはできません。大事な出張できているからといって、断わりました」

「前川いずみという女優のことは分かったか？」

「名前をきいたことがあるといっていました。今夜中に調べて、あすの朝、ここへ電話をくれることになっています」

　伏見は上着を脱ぐと、自分の肩を揉《も》んだ。

「あのクラブにいて、すっかり肩が凝ってしまいました」

「若いのに」

「それに、大島靖子を見たんですから、こっちに気がつかなければいいがって、冷や汗が出ましたよ」

「まったくだ。靖子は、あのクラブで働くつもりらしいぞ」

「松本のコンパニオン会社をやめたんでしょうか？」

「梅やがどんな店か見にきたんじゃないのか。彼女は、あの高級クラブでも目立っていたな。ママの梅子に気に入られたらしい」

　靖子は、どうして松本を離れる気になったのか。警察から、宮沢殺しの嫌疑をかけられているのを知り、居所を隠すつもりなのだろうか。そうだとしたら、彼女からは目を離せない。

道原は、クラブ梅やのホステスにもらった名刺を見て、彼女の名をノートに写し取った。


次の朝、ホテル一階のレストランで朝食をしているところへ、伏見に電話が入った。彼は、レジの電話で話していたが、四、五分でテーブルに戻った。

相手は、テレビ局に勤務している大学時代の同級生だったという。

「前川いずみのことを知らせてくれました。彼女は、いまや劇団火鳥の中心的女優だということです」

「きいたことのない名前だが」

「地味な存在ということです。映画にも商業演劇の舞台にも立っているそうですが、脇役なんですね。去年はＮＨＫの大河ドラマにも出演して、女優としてはこれからだと、関係者はいっているそうです」

「いくつかね？」

「三十六です」

彼女の自宅は練馬区で、その電話番号も分かったという。

二人は食事をすませた。

コーヒーのお代わりを頼むと、伏見が、

「おやじさん。このごろ、コーヒーを飲み過ぎますよ」

といった。伏見は、妻の康代に道原の健康管理を頼まれているらしい。

前川いずみには、道原が電話を掛けることにした。

「はい」

と、喉の涸《か》れたような女性の声が応じた。

「朝早くからすみません。私は、長野県警の道原という者です」

「長野県警……」

「前川いずみさんですね？」

「前川です」

彼女は目が醒《さ》めたのか、はっきりした声になった。

ぜひとも会いたいと、道原はいった。

「どういうご用でしょうか？」

誰もがきく言葉である。

中平良成についてだというと、前川いずみは数秒のあいだ黙っていた。

「中平さんに、なにかあったのですか？」

「参考までに話を伺いたいんです」

「わたしで、用が足りるのでしょうか？」

「あなたでないと分からないことですので」

彼女は、またしばらく考えるように黙っていたが、どうしたらよいかときいた。

都合のよい場所まで出向くが、どこがよいかと、今度は道原がきいた。

彼女は、池袋西口にある小さなホテルを教えた。そこの一階の喫茶室は昼間すいているといった。

彼女は、警察がなぜ自分と中平良成の関係を知っているのかを考えているだろう。なにをきかれるのかと、胸を押さえていそうな気もする。

前川いずみは、竹林梅子の話だと十二、三年ぐらい前、中平と交際していて、そして別れたということだった。

そのころ彼女は駆け出しの女優だったらしい。あるいは、まだ女優を志願している段階だったのか。

中平もまだ売れてはいなかった。会社員だったが、帰宅すると机に向かってものを書いていた。それがまとまると新聞社や出版社に持ち込んでいたようだ。

きのう、札幌で会った岡島真左子も、現在は銀座で高級クラブをやっている竹林梅子も、これから会う前川いずみも、中平の不遇時代、寝起きをともにしたり、ひとときの愉しみを持ったりした女性たちだ。彼女たちと出会い、話したり笑ったり、傷つけ合ったりしたことが、今日の中平の基礎になっているのではないか。

「女優としてはこれから」といわれている前川いずみは、現在の中平のことをなんと語るだろうか。

24

前川いずみが指定したホテルはすぐに分かった。わりに新しい建物だった。色つきのガラスがはまっていて、外から内部が見えないようになっている。

ティールームは薄暗くてせまかった。入口に立って内部を見回していると、左手の壁際のテーブルにいた女性が立ち上がった。

前川いずみは、小柄だった。髪を後ろで結えているせいか、額が広く見えた。目が大きく、顎が尖《とが》っている。

黒の丸首セーターに、黒と茶の花柄を混ぜた裾の長いスカートをはいている彼女からは、女優という派手なイメージはまったく感じられなかった。

彼女は、道原の名刺をじっと見ていた。見ながら、なにかを考えているようである。

「中平さんのこととおっしゃいましたが、わたしのこと、どこからおききになったのですか?」

白い歯並みのように、彼女の声は澄んでいる。

「中平さんと別れた奥さんが、あなたのお名前を覚えていました」

「別れた奥さん……」

彼女は、中平の妻だった梅子と会ったことがあるのだろうか。

梅子がいうには、離婚した中平に、いずみは魅力を感じなくなって、離れて行ったということだったが。

「たしかにわたしは、二年間ぐらい、中平さんとお付き合いしていました」

「そのころの中平さんは、いまのようにはなっていなかったですね?」

「いまのようどころか、蒼い顔をした、疲れた、ボロボロの男でした」

「そういう彼と、あなたはどうして?」

「わたしは童話を書いていました。高校のころからつづけていたことでした。勿論、世に認められるようなものは書けませんでした。手書き原稿を、彼は喫茶店で、三時間も四時間もかけて読んでくれました。とっくに電車がなくなっているのに、彼はそんなことを気にせずに、メモを取りながら読んでくれました。わたしはその彼を、ただ黙って正面から見ていました。そういう人に、それまでわたしは会ったことがなかったのです」

「中平さんも、会社勤めをしながら、ものを書いていたようですが」

「彼にとって夜は、貴重な時間だったのです。わたしが悪いからというと、『誰かに読んでもらわなくてはならないだろ。それならぼくに読ませてくれ』といって……」

「あなたのお書きになった童話は、どうされましたか？」

「中平さんの紹介で出版社へ持ち込みました。面白いといってくださるところがあって、いままでに八冊、本になりました」

「では、いまも童話を？」

「ひまがあると書いています。女優の収入だけではやっていけませんし、わたしの原作を所属している劇団が取り上げて、芝居にしてくれたこともあります」

　彼女は書類入れのような黒い布製のバッグからタバコを取り出した。

「そのころの中平さんのアドバイスが、活《い》きたということですね」

「彼は、人を感動させるコツのようなものを備えています。そのころの彼は、わたしに欠けているものだけを教えてくれました。彼も、生まれながら備わっていたコツによって、今日の姿になったと思っています」

「中平さんは離婚した。あなたには彼と一緒になろうという意思がなかったんですか？」

「さっきも申しましたように、彼はボロボロでした。わたしにはなにもありませんでした。そういう者同士が、一緒になったら、心中も同然です。彼はわたしと一緒になりたいようでしたが、心中は嫌でしたから、彼と会わないことにしました。もし一緒になっていたら、彼の今日はなかったのではないでしょうか。おたがいに持っていたいいものを、日常生活を支えるために、食べ合ってしまったと思います」

「中平さんが、評論家として名を成してから、お会いになっていますか?」

「彼が賞をもらった直後に会いました。十年ぐらい前だったと思います。わたしが出ている舞台の楽屋へ、花を持って、ひょっこり顔を出しました。劇団の人は、まだ中平良成の名を知りませんでした」

それ以来、彼に会っていないといった。

「あなたは、鳥羽古四郎という名に記憶はありませんか?」

「どういう人でしょうか?」

「御徒町駅の近くで、不動産と金融業をやっていた人です」

いずみは、タバコを消すと首を傾げた。

「一度、上野の近くで彼と会ったとき、一緒にお食事をした人でしょうか……」

「鳥羽さんは、中平さんより十歳上でした」

「では、そのときの人だったと思います。たしか不動産業で、ずっと前、中平さんはその人の近くに住んでいたことがあるとかいっていました」

間違いない。鳥羽のことだ。

「その人と、上野の近くで食事なさったのは、中平さんが離婚してからですか？」

「離婚の直前だったような気がします」

中平が梅子と別れたのは、一九八三年だ。いまから十三年前である。いずみの記憶に間違いがなければ、中平は岡島真左子と別れ、台東区竜泉のアパートを出たあとも、鳥羽との交友がつづいていたことになる。

「鳥羽さんらしい人と食事なさったとき、その人はどんなことを話していたか、覚えてますか？」

「その人のいったことは記憶にありませんが、中平さんは、その人にとてもお世話になったといっていました。それぐらいしか覚えていません」

いずみはそういってから、中平か鳥羽がどうかしたのかときいた。

「鳥羽さんは、二年前の二月、大糸線の有明駅のホームで亡くなりました」

「ホームで……。鉄道事故ですか？」

「吹雪の中で、何者かに胸を拳銃で撃たれて」

「その事件、新聞でも週刊誌でも読みました。犯人は、被害者が乗るつもりだった列車に乗って逃げた可能性があると記事にありました。……数人しかいなかった吹雪の駅で、人を撃って、なに食わぬ顔で列車に乗った犯人……。その記事を読んだとき、わたしは、映画のシーンを観ているような気分になったのを覚えています」

いずみは、横の椅子に置いたバッグから、ノートを取り出した。それをめくっていたが、

「やっぱり書いてあります。その記事を読んだときの印象が……」

彼女は、目の前に初対面の刑事がいるのを忘れているように、ノートの記述を読んだ。

演劇をしたり、童話を書く人は、あるときに受けた感動や、印象をメモにする習慣を持っているらしかった。

「被害者が乗って行くはずだった電車には、中平さんが乗っていたんです」

道原がいった。

「彼が……」

彼女は、急に凍ってしまったような顔になった。

「彼が、その列車に……」彼女はまたつぶやいた。視線はノートから離れて、道原の胸のあたりを差していた。

鳥羽が撃たれた事件は、彼女にとっては映画を観ているのと変わりなかったらしいが、刑事の話をきいて現実味を帯びてきたのか、

「それで、刑事さんはわたしを見つけられて、中平さんと鳥羽さんの間柄を確かめに

おいでになったのですね」

といった。

彼女は、ぶるっと頭を動かした。戦慄を覚えたのか、悪感に震えたように見えた。

道原たちは、中平と深くかかわった三人の女性に会ったのだが、このような表情をしたのはいずみだけだった。

「鳥羽さんが乗るはずだった電車に、中平さんが乗っていた。そのことを、中平さんは否定しているのですか？」

彼女は瞳を動かさずにきいた。

「いや、中平さんにはまだ会っていません。鳥羽さんが被害に遭った直後、中平さんが事件現場近くを走っている電車に、乗っていたというだけです。あなたはそのことを、どう思われるかを伺いたかったんです」

「ご質問の主旨は分かりました。彼はその事件には関係がないと思います」

「では、鳥羽さんが乗るはずだった電車に、親しい間柄の中平さんが偶然乗っていただけといわれるんですね？」

「わたしは偶然だと思います。人が創《つく》ったような偶然は、わたしたちの知らないところでしばしば起きているのではないでしょうか」

そういったいずみを伏見は身動きせずに見つめている。

「事件直後に、中平さんは警察の方に、『殺された鳥羽さんを知っている』とでも届けたのですか?」

「いや。中平さんに注目するようになったのは、最近です。他の事件を調べていて、鳥羽さんの事件が再浮上してきたんです」

「他の事件に、中平さんが関係しているということですか?」

「そこまでは、まだ、捜査が進んでいません」

「捜査が進むと、事件関係者として、中平さんが浮上してきそうなのですか?」

「分かりません」

いずみは、タバコの箱を振って一本抜いた。

「あなたは、中平さんから、小学生時代のことをおききになっていますか?」

「きいたことはなかったと思います」

「彼が信州の蝶沢村というところで、少年期を過ごしたことは?」

「信州で……。彼はたしか東京の生まれですが」

「お母さんが、蝶沢村の生まれでした。幼いとき、中平さんはお母さんの故郷へ行き、そこで小学校を卒え、それからお母さんに連れられて、東京へ戻りました」

「そうでしたか。初めて伺うお話です。……わたしは九州の大分生まれです。父の仕事の関係で、高校のとき、東京の高校へ転校しました」

「その話を、中平さんになさったことがありましたか？」

「何度もしたと思います」

「それをきいた中平さんは、少年時代のことを、あなたに話さなかったですか？」

「きいた覚えがありません。彼はずっと東京だと思っていました」

中平は、なぜ蝶沢村で育ったことを話さなかったのか。そう思うたびに、道原は首を傾げてきたものである。

目の前のいずみも、首を曲げた。道原と同じ疑問を持ったのではなかろうか。

彼女は、手にしていたノートを閉じて、バッグに入れた。

十数年前、彼女の書いた童話を何時間もかけて読み、その感想を熱っぽく語った中平と、最近、テレビでいくぶん派手な服装をして微笑しながら語っている彼とを、比較しているようでもあった。

25

前川いずみと別れ際に、女優としても、童話作家としても、活躍されることを祈っていると道原はいった。彼女は胸に強い衝撃を受けたような硬い表情のまま、「ありがとうございます」といって、黒いバッグを抱えた。

ホテルを出て二、三〇メートル歩くと、伏見はいずみを振り返ってから、

「彼女は中平との別れを、自分で決意したから、彼に対して悪い感情を抱いていないようでしたね」

といった。

「むしろ、彼から得たものを、いまも大事にしているようだ。男女の仲というのは、付き合い方次第で、さまざまな思い出が残っているものなんだな」

きょうの東京は、北風が強い。交叉点《こうさてん》を渡る女性の髪がなびいている。

「中平と別れた三人の女性は、みな、逞《たくま》しく、健気《けなげ》に生きていますね」

「ある時期、中平を支えてきた女性たちだ。もともと根性のある人たちだったんじゃないのかな」

「そういうタイプに、彼は惹《ひ》かれたんでしょうか？」

「前川いずみの言葉を借りれば、十数年前の中平は、ボロボロで疲れはてていた。彼にも卑怯《ひきょう》な一面があったが、彼と一緒にいたら、自分も立ち上がれないと判断した人は、彼を見放して別れたんだろうな」

道原は、きのう札幌で会った岡島真左子を頭に浮かべた。彼女だけは、中平がどんなに荒廃していても、彼についていきたかったようだ。

どんなに虐《しいた》げられても、ついてくるタイプの女性と一緒にいると、中平は重たさを

感じ、逃げ出したくなるのではないか。

道原は、大島靖子が所属していた松本市のコンパニオン派遣会社に電話した。彼女が平常どおり勤めているかときいた。

担当者が電話に出て、靖子は休暇を取っているといった。

彼女は、銀座のクラブ梅やのホステス募集に応じ、一日か二日、店のようすを試しているらしい。勤める決心がついたら、派遣会社をやめるのではないか。

いままでの彼女は、ホテルのバーに派遣され、客が注文した飲み物などをテーブルに運べばよかったが、クラブのホステスとなるとそれだけではすまない。

客の中には、横にすわったホステスの手をいきなり握る男もいる。すぐに口説く癖のある男もいる。男客の大半は、女性を目当てに飲みにくる。

靖子を、わが子のように育てた松本市の清水夫婦は、彼女が東京・銀座のクラブで働こうとしているのを知っているだろうか。

「中平を、つかまえよう」

道原は、公衆電話ボックスに入った。

電話には、きのうと同じ女性が出て、中平は外出中だと答えた。

「沖縄からはお戻りになりましたか?」

「帰りました」

事務所に顔を出したが、外出したということらしい。

何時に事務所に帰ってくるのかときくと、時間は不明だといった。

秘書は、きのうの道原の電話を中平に伝えたようだ。

「あの、長野県の道原さんとおっしゃいましたね？」

秘書はきいた。

「そうです」

「中平は、心当たりがないといっておりますが、どういう関係の方ですか？」

「個人的に、ちょっと、中平さんにお話を伺いたいと思いましてね」

「ご連絡先をおっしゃってください。こちらから電話を差し上げます」

道原は、豊科署の番号を教えるかどうかを、一瞬迷ったが、また掛けるといって切った。

秘書は中平から、どこの誰なのかをしっかりきいておくようにといわれているに違いない。

道原は、中平の自宅へ掛けた。

年輩の女性が出て、「奥さまに代わります」といった。お手伝いがいるらしい。

「中平の家内でございます」

歌うような明るい声がそういった。

中平にぜひとも会いたいが、いつ電話したらよいかときいた。

すると細君は、中平に会いたいのなら、事務所に連絡してもらいたいと答えた。

細君は、道原が刑事とは気づくまい。刑事がこのところ何日間か、中平と過去にかかわりのあった女性に会っていることなど、露ほども想像していないだろう。

細君は杏子といって、三十三歳だ。彼女は、かつてアパートのせまい部屋で中平と一緒に暮していた、岡島真左子を知っているだろうか。真左子と別れた年に結婚した、竹林梅子のことはどうだろう。梅子と別れる原因は、中平が前川いずみと親密になったからだった。

電話ボックスを出ると、伏見は待っていたように、

「鳥羽房江に、もう一度会ってみませんか？」

といった。

「用件は？」

「鳥羽は、中平に金を貸していたと思います」

「二十年前に中平が、岡島真左子と別れるとき、彼女に渡した金は、たぶん鳥羽が用立てたんだろう」

「そのあとも、何回か貸しているんじゃないでしょうか？」

「貸していても、中平はすべて返済しているはずだ。高級住宅地に家を建てられるく

らいの収入があるようになったんだ」

「最後の返済がいつだったかを調べれば、二人の交際がいつまでつづいたのかの見当がつきます」

貸金の帳簿を、房江が保存しているのではないかと、伏見はいうのだ。

鳥羽が殺された直後、捜査員は、債務者が犯人の可能性もあるとみて、鳥羽の遺した帳簿を見て、貸金の残っている債務者の動向を細かく洗っている。その中に中平が入っていれば、当然、捜査の対象になったのだが、その事実はなかった。

降旗節子刑事の報告書には、事件当日の電車の中で中平良成を見たという記述があったが、彼に注目した捜査員はいなかった。彼が鳥羽の近所に住んでいたことがあったと分かったのは、今回の捜査である。

「一応、当たってみるか」

道原は、伏見の思いつきに同意した。

房江は、薄暗い部屋から出てきて、二人の刑事をこの前と同じ座敷に上げた。

「主人が死んだあとの債務の回収は、以前からの知り合いの弁護士さんにお願いしました」

「回収は完了しましたか?」

「一件は破産で方《かた》がつき、一件が回収不能ということです」

回収不能というのは、債務を残したまま一家が行方不明になってしまったからだった。

「債権額は、いくらぐらいですか?」

道原がきいた。

「うちは五百万円ぐらいですが、あちこちから借金していたことが、あとで分かりました。足立区の千住《せんじゅ》で印刷屋をやっていた人です。子供は小学生だったということですが、どこでどうしているのでしょうね」

鳥羽は、中平に金を貸したことがあっただろうかと、道原はきいた。

「貸したことがあったようですが、わずかな金額だったと思います。主人は、担保のないところには貸していないようでしたから、中平さんは、取引きの対象ではなかったはずです」

房江はそういったが、帳簿を見せてもらった。

房江は、二階から黒い表紙の帳簿を二冊抱えてきた。それは、弁護士事務所の封筒に入っていた。

事件発生直後に訪ねてきた捜査員は、鳥羽の会社にあったこの帳簿をコピーして行ったという。

二冊に目をとおしたが、中平良成の名は見当たらなかった。もっともこの帳簿は、鳥羽が殺された時点から五年前のものだった。それ以前の帳簿は処分してしまったという。

「鳥羽さんの会社には、社員の方がおいでになったでしょうね？」

「女の事務員が一人いました。主人が死んだあと、残務整理のために二か月ばかり残ってもらいました」

その人は米倉咲子《よねくらさきこ》といって、現在三十歳ぐらいだという。

房江は、米倉咲子の住所と電話番号を教えた。

彼女には、鳥羽が事件に遭った直後、鳥羽商事で捜査員が会っているはずだ。

「米倉さんは、何年ぐらいお勤めになっていましたか？」

「五年ぐらいです」

「その前は？」

「仁科《にしな》さんという女性と、布施《ふせ》という男の社員がいました」

道原は、二人の氏名と当時の住所を、房江に調べてもらった。

彼女は、また二階へ行って、べつの帳簿を持ってきた。

仁科博子《ひろこ》と布施紀男《のりお》の当時の住所が分かった。

26

道原は、また中平の事務所へ電話した。秘書が出て、すぐに中平に代わった。

「何度も電話をくださったようですが、どなたですか？」

中平はいきなりいった。憤《おこ》っているようないい方だった。道原が秘書に正確に名乗っていなかったのをなじっているようである。

「豊科警察署の道原という者です」

「豊科署……」

「中平さんに、ぜひともお会いしたくて、出てきました」

「いま東京ですか？」

「上野駅の近くにいます」

道原はそういって、中平の反応を待った。

「どういうご用件ですか？」

そうきくのではないかと予想していた。

「お会いしてから、詳しく話します。中平さんの事務所は、赤坂でしたね？」

「ええ」

「三十分もあればお伺いできます」

「では、どうぞ」

中平は、しかたないというふうないい方をした。

「どんな感じでしたか?」

伏見は、著名評論家に興味がありそうだ。

「口の利き方は、高慢な感じだった」

「有名人を、鼻にかけているんじゃないですか?」

「そうでもない」

長年の下積みを経て、名声を得た人の中には、どこかに屈折したものを持っていて、傲慢さが表面に出る人がいる。そういう人を見ると道原は、人生というものは、性格が屈折するほどの労苦をなめず、素直なままで生涯を終えたほうがよいと思う。

予想したとおり、三十分で中平事務所が入っているホテルに着けた。

フロントで電話すると、事務所へきてくれと秘書がいった。

刑事が訪れたことを秘書に知られたくなかったら、中平はラウンジで待てとでもいうかと思っていた。

ドアには金色の札が貼ってあり、それに「中平事務所」と黒い文字が入っていた。

秘書は、二十七、八歳に見える均整のとれた美人だった。中平が、知名度を活かして厳選したのではないか。

白い壁の中央に濃茶色のドアがあって、秘書はそこをノックして、「いらっしゃいました」と、声を掛けた。

「どうぞ」

快活な声が返ってきた。さっきの電話の印象とは異なっている。

ワイシャツ姿の中平は執務机の向こうに立って、ソファを勧め、上着に袖を通した。茶色地に赤い縞《しま》の入った上質のスーツだ。彼の身長は一七〇センチぐらいか。わりに引き締まったからだつきだ。長めにした髪は豊かで、わずかに白いものが混じっている。やや長い顔に黒縁のメガネを掛けていた。

「ご遠方をご苦労さまです」

中平は名刺を出した。氏名だけ太い文字で刷ってあった。

「きのう、おいでになったんですか？」

椅子にすわると彼はいった。

「はい」

道原は調子を合わせた。

「講演やらなにやらで、あちらこちらと飛び回っているものですから」

「ご活躍はかねがね伺っています。信州ご出身の方が成功なさっているのを伺うのは、嬉《うれ》しいものです」

道原は、中平の顔を見たままいった。

一瞬だが、中平の眉根が動いた。

「私は、信州の生まれではありませんよ」

「お生まれは、東京だそうですね？」

「ええ」

「小学校時代を蝶沢村でお過ごしになったとか？」

「蝶沢には十年ばかりいただけです」

十年いれば、「ばかり」とはいわないのではないか。

「蝶沢村は、豊科町の隣りです」

「そうですね」

「最近は、蝶沢にはお帰りになりませんか？」

「帰るところがありません。母が蝶沢の生まれだったというだけですから」

「蝶沢小学校のご出身ですから、同級生の方々は、中平さんのご活躍を誇りに感じているることでしょうね」

「さあ、どうでしょう。私が蝶沢小の出ということを、地元でも知らない人がいるようです。村を出て行った者を、温かく迎えるという気風のないところだそうです」

彼はそれを、誰からきいているのか。

「そうでもありません。最近、私たちの勤める署の管内で起きた事件で、蝶沢村の人に会いましたが、中平さんのことを自慢している人が何人もいました」

「ほう」

中平は、スーツの襟に手をやった。

秘書がお茶を運んできた。蓋つきの湯呑みは上等な物だった。

秘書は、道原たちの背中のほうから、入ってきて、盆を持って出て行ったが、その姿が書棚のガラスに映った。

「外で人に会う約束がしてあるものですから、お話は手短にお願いします」

中平は、湯呑みの蓋を取っていった。

「そうでしたか。じっくりお話を伺うつもりで出てきたのですが」

「どんな話ですか?」

「あなたの小学校の同級生が、殺された事件をご存じでしょうね?」

「えっ。小学校の……。なんという人ですか?」

「宮沢種継さんです」

「宮沢……。覚えていません」

「小谷村でペンションを経営していました。十一月十九日の午後、新宿へ向かう特急の車内で、毒の入った缶ジュースを飲んで亡くなりました」

「その事件なら知っています。被害者が蝶沢小の卒業生だったんですか？」

「ご存じなかったんですか？」

「小学校のころの同級生の名前は、いちいち覚えていません」

「同期生で『蝶沢三十年会』というのをつくっていることは？」

「ずっと前に、名簿が送られてきました。同期会をやってはいるようですが、忙しくて蝶沢までは行っていられません」

「蝶沢村でだけでなく、各地でやっているようです」

「そうでしたか」

「来年春には東京でやることになっていて、それの予告を全員に知らせているということでしたが」

「そんな通知がきたかな……。なにしろ、毎日忙しいものですから、忘れることも多くて」

「秘書の方が、覚えていらっしゃるのでは？」

道原がいうと、中平はテーブルの上の小さなボタンを押した。

秘書がドアから顔をのぞかせた。

「ナリタ君は、『蝶沢三十年会』の通知を覚えているかい？」

秘書の姓は「ナリタ」という。伏見がノートにその名を素早く控えた。

彼女は、調べてみるといってドアを閉めた。

「宮沢さんは、来年の同期会の幹事でした。東京にいる幹事と、その打ち合わせをするために上京する途中で、あんなことになりました。中平さんは、東京にいる同期の方とはお付き合いがあるでしょうね？」

「まったくありません」

「菅沼さんか、戸塚さんをご存じでは？」

「そんな名の同級生がいたことはぼんやり覚えています」

「二人は、東京にいらっしゃいます」

秘書がドアを開け、「蝶沢三十年会」の通知は見たことがないと答えた。

「井刈正光さんを覚えていらっしゃいますか？」

「井刈……。名前には記憶がありますが、どんな子だったか、顔は忘れました」

「井刈さんは、去年の一月二日、常念の冬期小屋で亡くなりましたが、それもご存じありませんか？」

「知りません。なにしろ私は、蝶沢小の同級生とはまったく交流がないものですから」

「菅沼さんや、戸塚さんは、あなたのことをよくご存じです」

「こういう仕事をしていますから、名前や顔が人の目に触れる機会が多いので、それで同級生も知っているんでしょう」

「信州には、たびたびお出掛けになりますか?」

「めったに行きません。講演に呼ばれたとき以外には」

中平は、壁に掛けてある六角形の時計に目をやった。出掛ける時間を気にしているようだ。

「中平さんは、台東区の竜泉というところにお住まいになっていたことがありますね?」

「あります。ずっと前です。……あのう、刑事さんは、私になにをききたいんです。まさか、私がずっと前に住んでいたところのことまで、調べているんじゃないでしょうね?」

「捜査をしているうちに、偶然、中平さんが住んでいらしたアパートの近くへ行ったものですから」

「生まれてからずっと、同じところに住んでいたわけじゃありません。ご存じかと思いますが、私は貧乏生活が長かった。自分の家もなかった。だから、住むところを何か所も変わりました」

「竜泉にお住まいのころ、近所に鳥羽古四郎さんという方が住んでいましたが、それは覚えておられますね？」

「鳥羽さん……。どの家かな？」

　中平は首をひねった。

「御徒町駅の近くで、不動産業と金融業の会社を経営されていた方です」

「ああ、思い出しました。そうでした。竜泉のアパートの近くでしたね、その人の家は」

「鳥羽さんとは、最近までお付き合いをなさっていらっしゃいましたか？」

「いいえ。竜泉のアパートに住んでいたころに、会えば挨拶する程度の付き合いで、私が引っ越してからは、会っていません。……刑事さんは、どんな事件をお調べになっているのですか？」

　中平は眉根を寄せ、険しい顔になった。

「鳥羽古四郎さんが射殺された事件、宮沢種継さんが毒殺された事件。それから、井刈正光さんの遭難にも、疑問を持っています」

「で、私を訪ねておいでになったということは、なんの目的で？」

「いま申し上げた三人を、よくご存じと思ったものですから」

「それは見当違いです。宮沢と井刈は、小学校の同級生ですから、子供のころは一緒に遊んだでしょうが、それ以降の付き合いはありません。小学校を卒えると、東京へ戻りました。ですから、蝶沢村とは、縁が薄いんですよ」

「では、鳥羽さんの事件に的を絞って伺います」

「もう出掛ける時間になりました。急においでになったので、ゆっくりお話をきいていられません」

中平は腰を浮かせた。

「いつなら、ゆっくりお会いできますか？」

「ここ二、三日は無理です。今週のスケジュールをみたうえで、こちらから連絡しましょう」

「お待ちしています。なるべく早くお時間を取ってください」

「何度お会いしても、お役に立つような話はできないと思いますよ」

中平は立ち上がった。ドアのほうに視線を投げた。早く出て行ってくれといっているようだった。

電話が鳴った。中平は、刑事に背中を向けて話し始めた。

27

七年あまり前、鳥羽古四郎が経営していた鳥羽商事に勤務していたことのある、布施紀男と連絡が取れた。彼は現在、四谷《よつや》の不動産管理会社に勤めていた。

道原と同年ぐらいで、ずんぐりしたからだつきの男だった。

「あのときは驚きました」

布施は、鳥羽が殺されたニュースを、新聞で目にしたときのことをいった。

事件発生直後、長野県警の捜査員が訪ねてきて、鳥羽に恨みを持っていそうな人間に心当たりはないかと質問したという。

「金融業というのは、多かれ少なかれ、人はよくいわないものです。お客さんは、金を借りるときは助かったと思うでしょうが、返済のときは、取り立てられたとか、損をしたような気持ちになるものです。取り立てを厳しくしないと、返さない人もいます。恨んでいない人がいないといったら嘘になります。私も、情なしだとか、温かい血が通っているのか、なんていわれたことが何度もありました」

布施は、そういう債務者に会うと、後味の悪さが残り、何度鳥羽商事をやめようかと思ったかしれないと語った。

「鳥羽さんを殺した人間は、金融の恨みからだと思いますか？」

道原はきいた。

「鳥羽さんは、貸した金を返さないからといって、債務者が生活できないほど追い込んだことはありません。そんなことをしたら、商売をやっていられなくなりますから。

ですから、債務者が恨んで殺すなんて考えられません」

「では、どういう筋の者の犯行と考えますか？」

「よく分かりませんが、個人的な恨みではないかと思います」

「個人的に恨まれるようなお心当たりがありますか？」

「拳銃で撃たれたんでしたね？」

「鳥羽さんの胸を貫通した弾丸を発見しました。拳銃だったことが確認されています」

「拳銃なら、女性でも犯行が可能ですね？」

「その気になれば」

布施には心当たりがあるのか、瞳を天井に向けた。顎に剃《そ》り残しの髭が何本か見えた。

「布施さんは、女性が犯人と思われますか？」

「あるいはと」

「お心当たりの人がいたら、正直に教えてください。秘密は絶対に守ります」

「自殺した人の奥さんが、ちょっとひっかかるんです」

「鳥羽さんと、かかわりのあった人ですね？」

「はい」

「どこの誰なのか、はっきり話してくれませんか？」

　布施は、顎の剃り残しの髭を摘まんだ。

　大田区蒲田《かまた》に、プラスチックメッキの工場経営者がいた。十年ほど前のことだ。彼の工場や敷地を担保にして銀行から融資を受けていたが、資金繰りに詰まった。銀行からはそれ以上の融資を受けられず、経営者は、鳥羽商事へやってきた。

「鳥羽さんは、その工場を見に行き、たしか五百万円を融資しました。売掛金をみて、回収可能と踏んだようでした」

　だが、経営者は計画どおりの返済ができなかった。布施も取り立てに何度か行った。そのたびに経営者は、有り金を出して謝った。手形を取っているが、それを不渡りにすると、工場は潰れる。鳥羽のやり方は、長期間かけても、相手に営業させて完済させるのだった。

　取り立てを始めて一年ぐらい経過したころだった。鳥羽は布施に、その工場の取り立てをやかましくいわなくなった。

　ある日、布施は朝刊を読んでいて声を上げた。メッキ工場経営者が、二、三日行方不明になったあと、青森県の海岸で死体で発見された。遺書があった。自殺だった。

「鳥羽さんは、警察に呼ばれました」

「遺書に、鳥羽さんへの恨み言でも書いてあったんですね？」

「私も警察に呼ばれて、取り立てに何度行ったかとか、経営者にどんなことをいったのかをきかれましたし、遺書の内容を知らされました」

布施にとって意外だったことは、鳥羽が経営者の妻とからだの関係を持っていたというくだりだった。自殺した経営者は、借りた金の取り立ての厳しさについては遺書で触れておらず、鳥羽が妻と関係を持ったことを恨んでいた。勿論、からだを許した妻を憾《うら》んでもいたが、弱味につけ込んだ鳥羽が憎いとしてあった。

「鳥羽さんは、経営者の奥さんとの関係を認めましたか？」

「私には、彼女がからだを売ったといっていました。警察にもそう答えたのだと思います」

「奥さんは、それを認めましたか？」

「鳥羽さんとの関係は認めたようですが、自らそうしたとはいわなかったんじゃないでしょうか」

「メッキ工場の経営者の自殺の件を、あなたは、鳥羽さんの事件を捜査していた者に話しましたか？」

「話しませんでしたが、捜査でそのことが分かり、あとで私は刑事さんに、なぜ話さなかったと、お灸《きゅう》をすえられました」

「メッキ工場は、どうなりましたか？」

「潰れました。奥さんと子供さんは、行方不明ということでした」

「債権は回収しましたか？」

「工場を整理しての配当金がいくらか入り、それで回収ずみということにしたように覚えています」

「自殺した経営者は、当時何歳ぐらいでしたか？」

「いまの私と同じぐらいの歳でした」

「あなたも奥さんに会っていますね？」

「はい。何回も」

「当時いくつぐらいでしたか？」

「経営者とは十歳は離れていたでしょうね。鳥羽さんでなくても、男ならフラッとするような、きれいな人でした」

「その人は、行方不明のままでしょうか？」

「さあ。その後のことは知りません。私が鳥羽さんに、『いっそ愛人にすればよかったのに』といいましたら、『バカをいうな』なんていっていましたが、じつは彼女に未練があったようです」

布施は、当時のメッキ工場の所在地を正確に覚えていた。自殺した経営者は土屋《つちや》辰《たつ》彦《ひこ》で、その妻は真弓《まゆみ》という名だったと語った。

真弓が健在なら四十半ばということだ。

布施と別れると、道原は捜査本部に連絡した。鳥羽の事件を担当し、当時、東京へ出張した捜査員に、布施からきいた話を確認した。

土屋真弓は、いまもって行方不明であり、警視庁蒲田署が、彼女の行方を追ったが、分かっていないということだった。

道原と伏見は、蒲田署へ出向いた。

夜になった。電話をしておいたので、長島《ながしま》という刑事は待っていた。彼の机の上には丼《どんぶり》がのっていた。夕食をすませたらしかった。

道原も伏見も夕食を摂《と》っていない。話しているうちに、腹の虫が鳴きそうだ。

「土屋真弓には鳥羽を殺る《や》動機があります。ですが、彼女の夫が自殺したのは、ちょうど十年前です。鳥羽を殺るまでの間に約八年の空白があります。怨念をそんなに長いあいだ持ちつづけるものでしょうか?」

長島はタバコに火をつけた。彼は五十ぐらいだろう。

「いつになっても苦境から抜け出せない。それは鳥羽が原因だと思い込んでいれば、執念深く、彼のスキを狙うことが考えられます」

道原はいった。

真弓は石川県七尾《なな お》市の出身。女の子が一人いて、失踪当時小学一年生だったというから、現在は高校生ではないか。

「七尾には両親がいます。さっき、道原さんから電話をいただいてすぐに、現地の警察へ問い合わせました。両親には、折あるごとに真弓から連絡はあったかときいているということですが……」

真弓母子の消息は分かっていないという。

「夫のあとを追って、自殺したんじゃないかとも考えられます」

長島は、爪ようじを口に入れた。

長野県警の依頼を受けて、真弓の行方を追った報告書を見せてもらった。

蒲田署では、鳥羽古四郎が殺害されたあと、真弓の交友関係を洗ったり、郷里の友だちに問い合わせた内容などが書いてあったが、彼女の消息に結びつく情報はなかったとしてあった。

「子供を、学校へ通わせないわけにはいきませんから、どこかで義務教育を受けさせたのだと思います。在学証明のない子供を、学校では入学させるものでしょうか？」

長島がいった。

道原は、報告書に出ている人名と、住所を写し取った。

ノートにメモを取っているうち、ふと思い当たることがあった。

土屋真弓は、夫の辰彦に死なれ、世間体をはばかってか、簡単な葬式を出したあと、寺に夫の骨をあずけ、葬儀の一週間後に子供を連れて失踪している。それを知ったメッキ工場の従業員や近所の人、それから債権者らは、夫のあとを追って母子心中したのではないかと推測した。

だが、彼女がメッキ工場を左前にしたわけではない。世間体が悪いといえば、金融業者の鳥羽とからだの関係を持ったことである。夫の辰彦にはそれが許せなかった。妻の裏切りに遭って、生きていく希望を失くし、妻をそそのかした鳥羽を恨んで、自殺した。

夫の遺書に、自殺する動機が書かれていたので、警察は真弓に、鳥羽とのことは事実かと質《ただ》した。彼女が夫を死に追いやったといえないことはないが、手を下したわけではないのだから、警察から追及を受けることではない。会社が倒産し、工場も土地も債権者に渡るが、法的整理をすれば、彼女に債務を押しつけようとする者はいないはずだ。

それなら彼女は、娘とともに心中することはないし、いつまでも居所を隠していなくてもよいのではないか。

道原はそれに気づくと、疲れた顔をしている長島に礼をいって蒲田署をあとにした。

28

蒲田駅前のレストランへ入った。とうに食事どきを過ぎたせいか、客は三人しかいなかった。煮魚の定食を頼むと、品切れだといわれた。

二人はしかたなく、おでんにご飯をもらった。

「土屋真弓が鳥羽を殺ったと思うか？」

道原は伏見にきいた。

「土屋辰彦の自殺については、鳥羽が一方的に悪いわけじゃないですよね。妻の真弓が毅然《きぜん》としていれば、土屋は死ななかったかもしれません。真弓が、鳥羽を殺すほど恨みつづけていたかが問題ですね」

「それと、彼女が拳銃を手に入れられたかも、疑問だな」

そういったが道原は、真弓をさがしたくなった。彼女に会ってみたいのだ。彼女が連れて家を出た娘のことも気になった。

次の日、土屋真弓の娘絵梨《えり》の通っていた小学校を訪ねた。

当時の担任はすでに転勤していた。

一年生だった絵梨のクラスの生徒名簿を、コピーしてもらった。

母親とともに絵梨が失踪した当時のことは、書類になっていた。どこかの学校から通知がきたら、すぐに在学証明を送れるようになっていた。だが、いまだに、「当校に入学することになった」という通知はないという。

当時の担任の女性教諭は、現在目黒区の小学校にいた。

道原は、その先生に電話した。

「絵梨ちゃんのことは、いまも忘れていません。お父さんが亡くなられたり、お母さんと一緒に行方不明にならなくても、とても印象に残る子供でした。丸顔で、キラキラした瞳をして、口数は少なかったけど、いつもにこにこしていました。どこかで、きっと元気にしていると思います。居所が分かって、会ってさしつかえなかったら、それがたとえ北海道でも九州でも、わたしは訪ねてみたいです」

といった。

「高校へ行っている年齢ですね」

「わたしの娘と同い歳なんです」

女性教諭の言葉をきいて、道原はますます真弓母子をさがしたくなった。

当時の生徒名簿を頼りに、絵梨の同級生の家を訪ねて回った。

五軒目に訪ねた家は、絵梨の父親がやっていたような町工場だった。彼女の同級生の母親が出てきて、

「絵梨ちゃんは、うちの娘と仲よしでした」

といった。彼女は四十半ばだった。

真弓と絵梨の消息は、耳に届かないかときくと、まったく知らないと答えた。

「絵梨ちゃんは、男の子にも女の子にも好かれていました。可愛《かわい》い顔で、いつもにこにこしていたせいでしょうか。あの子がお母さんと一緒にいなくなったあと、子供たちのあいだで、変わった遊びが流行《はや》りました」

「変わった遊び……」

「誰がやり出したのか分かりませんが、紙コップの底に釘《くぎ》で穴を開けて水を入れ、それを砂場や公園に掘った浅い穴に置くんです。コップの水は地面に吸い込まれ、その水はやがて絵梨ちゃんに届くというんです」

「友だちの思いがこもった遊びですね」

「うちの子もやっていました。ですから、そのころ、近くの公園には紙コップがいくつも転がっていたものです」

「友だちの思いは、絵梨ちゃんに通じなかったんでしょうか？」

「絵梨ちゃんは、知らない土地へ行って、ここの子供を思い出していたでしょうね」

道原と伏見の聞き込みは、夜までつづいた。昼間不在だった家には夜訪問した。

古いマンションに住む絵梨の同級生の少女に会った。背の高い高校生だった。

道原は、一時流行ったという子供たちの遊びのことを話した。

「わたしもやりました」

「みなさんの思いは、絵梨ちゃんに通じなかったんでしょうかね」

「通じたみたいです」

少女は思いがけないことをいった。

「絵梨ちゃんから、連絡でもあったんですか?」

「うちの母が知っています」

母親は、勤め先からもうじき帰ってくるという。

道原と伏見は、せまい玄関に立っていた。

十五分ほどして、少女の母親が帰宅した。

男が二人いたので、彼女は目を丸くした。

絵梨の消息をききにきたというと、目尻を動かした。しばらく答えに迷うような表情をしていたが、

「向こうの棟の二階に滝《たき》さんというお宅があります。滝さんは土屋さんと親しくしていました。今年の春ごろでしたか、土屋さんの住所を知ったということでした。滝さんは、それをわたしにいっただけで、ほかには洩《も》らしていないということでした」

と、怯えるような表情でいった。

道原は、悪いようにはしないから安心してくださいといって頭を下げた。

滝という家の主婦は、エプロンをはずしながら出てくると、

「ただいま、電話があって、刑事さんのことをお伺いしました」

といった。さっき訪ねた家の主婦が知らせたのだった。

二人の刑事は座敷へ通された。テレビの音が消えた。

「土屋さんからは、絵梨ちゃんと一緒にいなくなった半年後ぐらいに電話がありました。わたしは心配していたので、その声をきいてほっとしました」

「どこにいるといっていましたか？」

道原はきいた。

「それはきかないでもらいたいといいました。二人とも元気だといっていました」

「その後は？」

「はい。年に一回ぐらいのわりで電話がありました。絵梨ちゃんが、小学校を卒え、中学に進んだことも、電話でききました。不自由なことがあったら、なんでもいって、とわたしがいいましたら、大丈夫といっていましたが、なんとなく心細そうでした」

「最近の連絡は、いつでしたか？」

「三月でした。絵梨ちゃんは、高校二年になったということでした」

「真弓さんは、初めて住所を教えたそうですね？」

「いままで、他人には教えていなかったといっていました」

真弓の住所は、静岡県浜松市《はままつ》だった。約十年前、失踪を覚悟したとき、まず働くことを考えたという。浜松市なら、好況な企業も多いし、温暖で過ごしやすそうだということでそこを選んだと、真弓は電話で語ったという。

「警察は、ある事件の参考に、真弓さんの居所をさがしました。ですが、彼女には住所を隠さなくてはならない理由はなさそうですが、どうして親しい方にも知らせなかったんでしょうか？」

「ご主人が自殺なさったことがショックだったし、ご主人が借りていたお金のことで、追われるのではないかと思っていたのではないでしょうか」

主婦は、鳥羽と真弓の間に男女関係があったことは知らないようだ。土屋の遺書の内容が世間に露《あら》わになったわけではないからだろう。

「奥さんは、浜松市へ真弓さんに会いに行かれましたか？」

「わたしが会いに行くといいましたら、もう少し待ってくださいといわれました。そのうちに、絵梨ちゃんと一緒に東京へ行くといいました」

真弓は、住所は教えたが、電話番号はいわなかったという。それで主婦は、すぐに手紙を送った。

「返事はありましたか？」

「いいえ」

「二年前の二月ごろ、真弓さんから電話がきていますか？」

「覚えていませんが、毎年、土屋さんから電話があるのは、春でした」

真弓は、春になると、東京の蒲田にいたころを思い出すのだろうか。

29

師走《しわす》に入った。

東海道新幹線は、左側の車窓に雪化粧した富士山を映して走った。

何年ぶりかに降りた浜松駅周辺は、すっかり変わっていた。べつの駅へ降りてしまったのではないかと錯覚するほどで、大きなビルが建ち並んでいる。

駅前交番で地理をきいた。若い巡査が丁寧に路線バスでの行き方を教えてくれた。

バスは市街地をはずれ、いったん坂を下って、また坂を登った。大きな病院の見える停留所で降りた。病院の手前は住宅群の造成地らしいが、建設機械は視界に入らなかった。

十分ほどさがして、土屋真弓母子の住むアパートを見つけた。そこは古い木造の小さな建物だった。

日向《ひなた》で眠っていた猫が、あくびをしてから建物の陰に消えた。

真弓母子は、一階の奥の部屋に住んでいることが分かった。表札は出ていなかった。トタンを張ったドアをノックすると、「はあい」と、若い女性の声がして、ドアが開いた。艶のある髪を長くした少女が顔を出した。

「土屋絵梨さんですね？」

道原がきいた。

「はい」

彼女は、いったんドアを開けたのに、顔を引っ込めた。友だちが訪れたとでも思っていたらしい。

「お母さんは？」

「お使いです」

「すぐにお帰りになりますか？」

「もう帰ってくると思います」

きょうは日曜だ。道原らは、真弓たちがいるのを見込んでやってきたのである。

道原と伏見が道路に立っていると、自転車に乗った女性がアパートに近づいてきた。紺色のスーツを来て道路にいる二人の男に気づいた彼女は、自転車を降りた。灰色のセーターに茶色のズボンをはいている。

彼女が軒下に自転車をとめたところへ声を掛けた。土屋真弓だった。

丸顔の彼女は色白で、目鼻立ちがはっきりしていた。髪を後ろで結えていた。

彼女は紙袋を提げ、部屋に入ろうかどうかを迷っているようだった。

「さっき、絵梨さんに会いました」

道原がいうと、彼女はうなずいた。それなら部屋へ上がってくれということらしかった。刑事の訪問を、娘に知らせるべきか否かを迷ったのだろう。

アパートの間取りは、六畳一間に台所があるきりだった。壁際に整理ダンスが一棹《さお》あり、レインコートが一着吊ってあった。小さなテレビは畳に直《じか》に置いてあった。台所の冷蔵庫は小型だった。

真弓は、小振りの座卓を部屋の中央へ置いた。母子はその上で食事をし、絵梨の勉強もそれでしているのではないか。

道原はふと、わが家を頭に浮かべた。小ぢんまりした一戸建てだが、二階家で、比呂子専用の部屋がある。広くはないが庭もあって、夏は白や赤の花が咲く。目の前にいる母子の暮しに比べたら、恵まれていると思う。

「ずっとこちらでしたか？」

道原は、母子の顔を見比べた。

「はい」

真弓は顔を伏せた。

絵梨は、母親の表情を観察するような顔をした。

「いろいろと大変でしたね」

「………」

真弓は唇を嚙んだ。絵梨に外へ出ていなさいというかと思ったが、お茶を淹れるようにといいつけた。

「絵梨さんを学校へ入れるとき、困ったのでは？」

「学校へ行って、事情を話しました。住民票だけは持っていましたので、入学を認めてくださいました」

絵梨は、そのまま中学を卒えて、公立高校へ進んだという。

「絵梨さんの担任だった先生は、とても気にしていて、会えるものならいまでも会いたいといっています」

真弓は顔を伏せると、ズボンのポケットからハンカチを取り出して鼻に当てた。

道原は、母子が失踪した直後、子供たちのあいだで流行っていたという「変わった遊び」を話した。

絵梨は、お茶をテーブルに置くと、唇を震わせて、母親の肩に額を押しつけた。

真弓は絵梨に、東京を逃れてなぜこの土地にきたのかを話しているのだろう。絵梨は何度か、東京の友だちに会いたいといったろう。そのたびに、会えない事情を話してきかせたに違いない。

母子のすすり泣きがおさまった。

「立ち入ったことを伺って、いいですか？」

「なんでもどうぞ。この子にだけは、なんでも知らせておきたいものですから」

真弓は顔を上げた。涙の粒が目蓋に光っていた。

「鳥羽古四郎さんを覚えていますね？」

「忘れていません」

「彼を、憎いと思ったことがありますか？」

「何度もあります」

「できることなら、胸のすくようにしたいと考えたことがありますか？」

「辛いことがあると、そう思いました。でも……」

彼女は言葉を切ると、絵梨にちらりと目を向けた。この子がいたので、踏みとどまれたと、その目はいっていた。

「恨みは、いつまでたっても消えませんか？」

「あの人が事件に遭ったのを知って、わたしよりも恨んでいた人がいたのだと思い、そのときから、胸にたまっていたものが、下りてしまいました」

「では、約八年間、恨みつづけていたんですね？」

「こんなに長く人を憎みつづけられるものかと思って、自分の性格にぞっとしたことがあります」

道原は、なんの目的で訪ねてきたと思うかときいた。

「分かりません」

「鳥羽さんの事件の加害者が、まだ挙がっていないからです」

「では、わたしが……」

「そう。事件直後は、私たちの同僚が東京へ出張して、あなたの行方をさがしました」

「いまも、疑われているのでしょうか？」

「あなたに会って、ほっとしました」

「はあ？」

彼女は首を傾げた。

「鳥羽さんは吹雪のホームで撃たれたんです。撃つには凶器が必要です」

道原の言葉の意味を、彼女はさかんに考えているようだった。

「しかし、念のために伺います。二年前の二月十日、あなたはどこにいましたか？」

「そんなに前のこと……。どこへも行っていませんから、休みの日でしたら家にいましたし、平日なら会社へ行っていました」

「それだけで充分です」

道原は、失礼するといってあぐらをかいた。伏見も楽な姿勢をした。

絵梨に、学校は楽しいかときいた。

「はい。友だちがいっぱいいますから」

彼女は笑顔になった。視線が愛嬌をふくんで、人なつっこい表情だった。

道原は、彼女より一つ上の娘がいると話した。

「豊科って、どんなところですか?」

「北アルプスを知っている?」

「写真で見たことがあります。恐いような高い山ばっかり」

「おじさんたちが勤めている署からは、北アルプスの東部に当たる常念岳とか蝶ヶ岳という山が見えます。どの山も雪をかぶってまっ白です」

絵梨は瞳を輝かせて道原の話をきいていたが、高校を卒業して、就職したら、母と一緒に上高地へ行ってみたいといった。

「もうすぐですね。出発する前に連絡してくれれば、安曇野でも上高地でも、案内させてもらいますよ」

真弓は、いつの間にか台所に立っていた。

「お母さん。きいた?」

真弓は、振り向かずに頭を縦に動かした。

道原は帰りぎわに、もう住所を人に隠す必要はない。住民登録をきちんとしておかないと、絵梨の将来にも不便が生じると、真弓にいった。

さっきの猫が、また日だまりで細い目をしていた。

30

東京へ戻った。

以前、鳥羽商事に勤めていた仁科博子に会うことができた。

三十半ばの彼女は、ピンク色のコートを着、水商売の人のような派手な化粧で、約束の喫茶店へ現われた。とても事務器の販売会社に勤めている人とは思えなかった。

彼女は、鳥羽商事に一九八四年から八九年までの約五年間勤務したという。

「いまから七年ほど前まで鳥羽商事に勤めていたわけですが、どういう人が会社に出入りしていたか覚えていますか?」

道原は、赤い唇を見ながらきいた。午前中、浜松市でひっそりと暮している母子を見てきたせいか、目の前にいる彼女がケバケバしく見えた。

「いちいち覚えていませんが」

「評論家の中平良成さんを、ご存じですか?」

「たまにテレビで観ます。……そういえば鳥羽さんは中平さんと親しくしていました」

「親しくしていたのを、どういうところから知りましたか?」

「わたしが勤めているあいだに、会社へ二回ばかりお見えになりました」

「ほう。会社へ。それはいつごろですか?」

「二回目は、わたしがやめる少し前だったような気がします」

「あなたが鳥羽商事をやめるころというと、約七年前ですね。そのころの中平さんは、いまほどではないが、世間に名前が知られるようになっていましたね?」

「あの方の書いた本が売れているという話を、鳥羽さんからききました。わたしは読んでいませんが、新聞にはよく広告が載っていました」

「鳥羽さんは、中平さんの本を読んでいましたか?」

「机の上に置いてあるのを見た覚えがあります」

「鳥羽さんは中平さんのことを、どういっていましたか?」

「たしか、ずっと前からの知り合いだといっていました。鳥羽さんは、自慢する癖がありましたから、ほんとうかどうか分かりませんが、『中平君を有名にしたのは、私だ』なんていうことがありました」

「中平さんは、どんな用事で鳥羽商事を訪ねてきたんですか？」

「鳥羽さんのお友だちですから、遊びにきたんだと思います。一緒に食事するため、出掛けました」

「親しかったんですね」

「二人で、冗談をいい合っていました」

「鳥羽さんは、あんな亡くなり方をした。事件を知ったとき、あなたは、どんなことを想像しましたか？」

「ただびっくりしました。一緒に勤めていた布施さんから電話が掛かってきて、犯人は債務者かな、なんていっていました」

仁科博子の話によって、中平は鳥羽古四郎と約七年前まで親交があったことが分かった。それ以降の二人の間柄はどうだったろうか。

鳥羽が死ぬまで鳥羽商事に勤めていた、米倉咲子と会うことができた。

彼女の自宅に電話したら、旅行中といわれ、会うのが夜になった。

咲子は、一九八九年から九四年四月まで勤務したのだった。鳥羽は九四年二月に殺されたが、会社の残務整理のため、四月まで残っていたということだった。

鳥羽の妻房江は、咲子を気に入っていたようである。

咲子の自宅は、北千住駅から七、八分の酒店だった。両親が店をやっている。

「留守をしていて、すみませんでした」

二人の刑事を座敷へ上げると、咲子は丁寧な挨拶をした。

中平良成を知っているかと、道原は単刀直入にきいた。

「わたしはお目にかかったことはありませんが、鳥羽さんは外でたびたびお会いしているということでした」

「鳥羽さんは中平さんのことを、あなたにどう話していましたか？」

「とても古いお友だちということで、『彼を売り出すまでに、ずいぶん面倒をみてやった』なんていうことがありました」

「面倒をみてやった……。どういう意味か、あなたには分かりましたか？」

「中平さんには、経済的にも苦しい時期があったようです。鳥羽さんは前から、中平さんの才能を見込んでいたので、なにかと援助なさっていたようです」

「鳥羽さんが中平さんに、電話しているのをきいたことがありますか？」

「何回もあります」

「どんな感じでしたか？」

「『中平君』とか、『君は』と呼んでいました。それをきいて、鳥羽さんのいうことはほんとうだと思いました」

道原は、房江から貸金の帳簿を見せてもらったことを話した。その中に中平の名はなかったが、貸付けはしていなかったのかと、咲子にきいた。

「ずっと前のことは分かりませんが、わたしが勤めてからは、融資はしていません。そのころは、中平さんはもう有名になっていらっしゃいました。鳥羽商事からお金を借りる必要はなかったのではないでしょうか」

「鳥羽さんと中平さんの親交は、鳥羽さんがお亡くなりになる直前まで、つづいていたとみていいですね？」

「さあ、どうでしょうか。わたしが勤め始めたころほど、鳥羽さんは中平さんのことを口にしなくなっていました」

咲子はそういってから、なにか思い出そうとしているように上を向いた。

「『人は偉くなると、変わるものだ』と鳥羽さんがいったことがありました」

「中平さんを指してですね？」

「中平さんのご本の広告を新聞で見て、なにかよくないことを思い出したようでした。そのときわたしは、あんなに親しくなさっていたようなのに、お二人のあいだになにがあったのかと思ったのを覚えています」

鳥羽と中平のあいだに確執でも生じたのだろうか。

「あなたが鳥羽商事に勤めるようになったのは、約七年前でしたね。そのころからしばらくのあいだ、鳥羽さんと中平さんが親しくしていたことは、間違いないですね」

道原は念を押した。

咲子は、大事な質問であるのを理解したらしく、「はい」と、はっきりうなずいた。

「鳥羽さんが中平さんを、どの程度面倒みたかは分かりませんが、なにがしかの援助をしたことがあったのは確かですね？」

この質問にも、彼女は大きく首を縦に動かした。

「中平さんは、鳥羽さんのお葬式にはきていなかったようですね？」

「お見えになりません」

「花とか、弔電は？」

「きていないと思います。あれば有名な方ですので、覚えています。鳥羽さんの奥さまはなんといっていましたか？」

「お葬式には見えていないといっていました。奥さんは中平さんを、近所に住んでいたころのことしか記憶にないようでした」

道原も伏見も、ノートを閉じた。

咲子の両親は、店の片づけをしていた。そろそろ店じまいする時刻のようだ。

「刑事さん。雨がパラついてきましたが」

父親がいった。

「傘を持っていますから」

道原は、黒いバッグを叩いて見せた。

雨は大したことはないが、冷たかった。コートの襟を立てた道原らの横を、駆け抜けて行く人がいた。

31

午後九時半だったが、中平の事務所へ電話した。留守番電話になっていた。きき覚えのある秘書の声のテープが回った。

銀座のクラブ梅やに電話し、この前、名刺をもらったホステスを呼んだ。

すぐに彼女に代わった。

道原という者だがというと、

「ああ、先日はありがとうございました」

と、明るい声を出した。

大島靖子は勤めているかときいた。

「はい。います。代わりましょうか？」

「いや。いいんです。働いているかどうかを確かめただけです。本人には黙っていてください」

「ママに代わらなくてよろしいですか？」

「ママにも、私の電話のことは黙っていてください」

彼女は、近いうちに寄ってくれと、外交辞令をいった。

靖子は、銀座に腰を据えるのだろうか。


翌朝九時。道原と伏見は赤坂のホテルへ入った。中平事務所のドアをノックしたが、応答がなかった。

十分ぐらいして、柿色のスーツを着た秘書が男物のような茶色の鞄を提げてやってきた。ドアの前に立っている二人の刑事を見て、ギクリとしたらしく足をとめた。

「中平さんは、何時にいらっしゃいますか？」

「お約束がしてありましたでしょうか？」

秘書はキツい目になった。

道原は首を横に振った。

「十時半ごろにはまいることになっております。きょうはテレビ局へ行くことになっていますので、事務所にそう長くはいられません」

秘書は中平のスケジュールを握っているといったいい方をした。

「テレビ局は、どこですか？」

「六本木です」

「その後のスケジュールは、どうなっていますか？」

「夕方まで、事務所にいることになっています」

「そう。おいでになるまで待たせてもらいます」

秘書はドアにキーを差し込んだ。

約束もないのに刑事がやってきた。秘書は中平に対して、多少の疑いを持ったのではないか。

彼女は、中平の部屋には通さず、自分の席のある部屋の椅子を勧めた。

「あなたは、ナリタさんといいましたね？」

道原は立ち上がって彼女に名刺を渡した。

彼女は、机の引き出しから名刺を出した。成田《なりた》嶺子《れいこ》となっていた。

「成田さんは、ここに何年お勤めですか？」

「四年になります」

彼女は答えてから顎に指を当て、「中平が不在のとき、刑事さんのご質問にお答えするのは、気になります。あとで気まずい思いをしたくないものですから」

といった。賢明な答えである。

道原は、中平に会うことばかりが念頭にあって、秘書の立場を思い遣ることを忘れていた。

彼は彼女に謝り、一時間後に再度訪ねることにした。

「勝手なことを申しまして」

彼女はドアに手を掛けた。

道原と伏見は、一階のロビーのソファに腰を下ろした。

外出するらしい外国人の団体が、ベルボーイの説明をきいている。彼らの話し声は高かった。

成田嶺子は、中平は十時半に出勤するといったが、十時十分、彼が回転ドアを入ってきた。多忙だからか、せかせかした感じだった。

伏見が駆けて行って呼びとめた。

道原はソファを立って、中平の表情を見ていた。中平は口を尖らせているようだった。予告せずにやってきても会えないといっているらしかった。

「お早うございます」

道原は中平にいった。

急に中平の顔つきが変わり、三十分ぐらいなら話をきけるから、ラウンジで待っていてくれといった。彼は黒い鞄を提げて、足早にエレベーターに消えた。

五分ほどすると、中平は空身でやってきた。椅子に腰を下ろすと、すぐに時計に目をやった。けさの彼は、生地に光沢のある紺色のスーツを着、ブルーの地に赤い花を散らしたネクタイを締めていた。

水を持ってやってきたウェートレスは、中平と顔見知りらしく、「お早うございます」と挨拶した。

「話は、この前のつづきです」

道原は、背筋を立てていった。

「つづき……。どんなお話でしたか?」

「あなたは、鳥羽古四郎さんとは、台東区の竜泉に住んでいたころの付き合いで、引っ越したあとは、鳥羽さんに会っていないといわれましたね」

「あとで思い出しましたが、鳥羽さんから電話をいただいて、一度、彼の会社へ行ったことがありました」

「それは、いつのことですか?」

「よく覚えていません。ずっと前のことですので」

「ずっと前というのは曖昧ですね。六、七年前ではありませんか?」

「竜泉を引っ越して、間もなくだったような気がします」

「鳥羽商事を訪ねたのは、一度だけですか？」

「そんな古いことを、いちいち覚えていません。刑事さんは、若いころのことを、つぶさに思い出せますか？」

「強い衝撃を受けたり、大きな過ちにかかわった人のことは、よく覚えています」

「それはそうでしょうが、短期間知り合っていた人のことを、細かく思い出せといっても、無理ですよ」

中平は、コーヒーをブラックで飲んだ。

手首の時計に目をやった。瞳に落着きがなかった。

こんなにせかせかしていて、ものが書けるのかと思う。

肥えて背の低い男が、中平に挨拶してラウンジを出て行った。中平は、「やあ」といっただけだった。

「二年前の二月十日の午後、あなたは大糸線の各駅停車の電車に乗っていましたね？」

道原がいうと、水のグラスを持った中平の手が宙でとまった。

「二年前の二月……」

彼はグラスをテーブルに置いた。「どこかへ行ったかな？」

「有明駅のホームで、鳥羽さんが撃たれた直後です」

「その日なら覚えています。私は遠出していません」

「慎重に答えてくださいよ」

道原は語気を強めた。

「慎重です。刑事さんの大事なお仕事に協力しているんですから」

「電車に乗っているあなたを見た人がいるんです」

「そ、それは、人違いです。あとで、よく思い出してみますが、私はどこへも行っていないはずです」

「二年前、すでにあなたのお顔は、広く知られるようになっていました。人違いではありません」

「各駅停車の電車になんか、乗ったかな?」

彼は、いかにも考えているようだった。

「激しい吹雪の日です。鳥羽さんは、あなたが乗っていた電車に乗るつもりで、有明駅のホームに立っていたんです。折からの吹雪は濃い霧と同じで、数メートル離れたら、誰なのか見分けがつかなかったと思います。犯人にとってはまことに好都合だった。視界は利かないし、吹雪の音と電車の音とで、ピストルの発射音もはっきりとはきこえない。犯人はそれを利用したんです」

「記憶はありませんが、もしも私がその電車に乗っていたら、どうなるんですか?」

「あなたに、鳥羽さん殺しの嫌疑がかかります」

「刑事さん。いい加減にしてくれませんか。鳥羽さんを思い出せというから、こうして時間をさいて協力しているのに、私を疑うとは、なんという失敬な。あなたは、たまたま事件の現場近くにいたというだけで、そういう人に嫌疑をかけるんですか」

「その電車に乗っていたんですね？」

「覚えていません」

「忘れるはずはないと思いますが」

「きのうのことを忘れる場合もあります。私の記憶力が一般よりも劣っているとは思いませんがね」

彼は水を一口飲むと、外出の時刻が迫ったといって、伝票を摑んで椅子を立った。

何時に事務所に戻るかときくと、テレビ局へ行ってみないと分からないと答えた。

道原と伏見は、ロビーのソファに戻った。

中平はいったん事務所へ行ったらしく、十分後、例のせかせかした足取りで回転ドアを押して出て行った。タクシーに乗ったのを見届けると、成田嶺子に電話を入れた。

中平は午後二時以前に帰ってくることはない、と彼女はいった。

32

中平事務所の秘書の部屋で、成田嶺子と向かい合った。

道原は彼女に、中平についていろいろききたいことがあるといった。

「わたしにとっても、重要な問題という気がしますので、なにを前提にご質問なさるのかをおきかせ願えませんか。それを呑み込んだうえでお答えしたいと思います」

ものおじしない彼女は、二人の刑事に、きっとした目を向けていった。

もっともな質問だった。道原は、鳥羽古四郎射殺事件、井刈正光が常念小屋で凍死した事件、宮沢種継が列車内で毒殺された事件を、ひととおり説明した。

彼女は、鳥羽と宮沢の事件は鮮明に覚えているといった。

「その三つの事件に、中平が関係しているとおっしゃるのですか？」

「まだなんともいえない段階ですが、不審な点がいくつかあります。殊に、鳥羽さんとの交際について中平さんは、私たちに決定的な嘘を答えました。ですから、鳥羽事件に関しては、納得のいくまで調べさせてもらいます」

「秘書として、いささか気の引けるところはありますが、中平がなにをしたかは、知っておかなくてはなりませんので、お答えいたします」

彼女は、憂鬱《ゆううつ》を顔に表わしていった。

「あなたは、鳥羽古四郎さんを知っていますか？」

「存じ上げています」

「ここへきたことがあるんですね？」

「わたしがいるとき、一度お見えになりました。わたしがここに勤めて間もなくだったと記憶しています」

鳥羽の年齢や風貌を覚えているかときくと、ひょろっとした背をして、短くした髪は白く、嶺子に好色そうなことをいった、と答えた。道原たちがいままで会った人たちにきいた鳥羽の印象とぴったりだった。

訪ねてきた鳥羽の目的や、中平とどんな話をしたのかは知らないという。

鳥羽が帰ったあと中平は、冷蔵庫の上の棚からびんに入った食塩を、出入口のドアの下に蒔《ま》いていたという。

「それを見てわたしは、話の内容が不愉快だったのだなと感じました」

「中平さんは、感情を表に出すタイプですか？」

「逆です。いつも穏やかで、優しさがあります。たいていの方とは、笑顔で話します。テレビに出ている表情とあまり変わりません。奥さまやお子さんに対しても、同じです」

「二年前の中平さんのスケジュールを、保存されていますか?」

「わたしの手もとにはありません。中平が執筆に必要といって、持って行きました」

「では、記憶で結構です。二年前の二月十日、中平さんは旅行しているはずですが?」

彼女は椅子を回転させ、背を丸くした。私物をさがしているようだった。

電話が鳴った。

「いいえ。どなたからも……」

相手は、中平らしい。

「分かりました。ご苦労さまです」

といって、受話器を戻した。

彼女は、中平からだったといわなかった。彼は彼女に、刑事から電話があったか、それとも訪ねてこなかったかときいたようだ。彼女は、主人を裏切った。

「二月八日に、富山市へ行っています。講演です」

彼女は、ポケットノートを見て答えた。

「いつお帰りになりましたか?」

「十一日は、横浜のホテルで対談をしています。富山の講演が終ってすぐに帰っていたと思います」

二年前の二月十一日は金曜日だが祝日。したがって嶺子は、十三日まで三連休だったのだ。

「するとあなたは、十四日に、中平さんとここで会ったわりですね？」

「なにも記録がありませんが、そうだったと思います」

「鳥羽さんが殺されたことは、十日のテレビが報じ、十一日の朝刊に載りました」

「わたしは、その事件を最初に知ったのは新聞だったと思います」

「十四日に事務所に出てこられた中平さんは、鳥羽さんが事件に遭ったことを、あなたに話されたでしょうね？」

「わたしのほうから話したという覚えがあります」

「中平さんは、なんていいましたか？」

「よく覚えていません。新聞で知ってびっくりしたといったような気がしますが」

道原は、鳥羽が撃たれた直後、中平が、大糸線の各駅停車の電車に乗っていたのを目撃されていることを話した。

「先生が……」

さすがに嶺子は顔色を変え、言葉を失っていた。

やがて気を取り直してか、自分のポケットノートに目を落とした。

「二月八日に富山市で講演をなさった中平さんが、十日の午後、大糸線に乗っていた。

九日と十日のスケジュールは、どうなっていたんでしょうか？」

「なにも書いてありません」

　彼女はノートをにらんでいる。

　富山市での講演が終ったら、その日に帰るのは無理だったとしても、翌九日には帰京していそうなものである。

「あなたは、九日か十日に、中平さんに会った覚えはありませんか？」

もし、彼女が十日の日中、中平に会っていれば、セツコが電車内で中平を見掛けたというのは人違いということになる。

「九日も十日も、わたしのノートは空白になっています。なにも書いてないところをみると、中平は不在だったような気がします」

　彼女は、ダイアリーに中平のスケジュールと、それの消化状況を記入しているが、自分の覚え書きとしてポケットノートにも重要事項を記《つ》けているのだった。

「刑事さんが、中平をお疑いになっている理由が分かりました」

　彼女は、鳥羽が事件に遭った直後、現場近くを走る電車に中平が乗っていた事実を指しているのだった。

「中平さんは、鳥羽さんと親交があったのに、お葬式に出ていません」

「そんなはずはありません」

彼女は、またノートを開いた。

「これには、『二月十五日、鳥羽様ご葬儀』と書いてありますが……」

彼女のノートに記入してあるということは、中平は葬儀に出掛けたのだ。

中平は嶺子に、葬儀に参列するといって出掛けながら、じつは会葬しなかったのではないか。

伏見は、嶺子の顔に注目していたが、自分のノートにメモを取った。

道原は、今年のダイアリーを見てもらいたいと嶺子にいった。

「十一月十九日、中平さんはどこかにお出掛けでしたか？」

「十八日から取材で北海道へ出掛けています」

「お帰りになったのは？」

「二十日です。二十一日にここで、雑誌のインタビューを受けています」

北海道ときいて、道原は岡島真左子を思い浮かべた。中平が彼女と結婚し、いまも一緒だったら、彼はどんな人間になっていたかを、考えさせる女性だった。ほぼ四年間、未婚でありながら彼を支え、あげくは彼に、壊れた人形のように棄てられた。以後彼女は、好きになる男性にめぐり会えなかったのか、独りでいる。どんな冷たい夜があっても、風雪に耐え抜いていくような女性である。

「中平さんは、ほんとうに北海道へ行っているのでしょうか？」

「往復の航空券を、わたしが手配しました」

「取材先と宿泊先は、分かっていますか?」

「釧路《くしろ》から根室《ねむろ》へ行っています。漁港を見て回ったといっていました」

「取材なら、写真を撮ってきているでしょうね?」

「見せてもらいました。霧の厚岸《あっけし》湖を、とてもきれいに写っていました」

その写真は、中平の部屋にあるはずというが、彼女はそれを持ってこようとはしなかった。旅行中の宿泊先へは連絡しなかったという。彼がホテルを教えなかったからだ。毎日、彼からは電話が入ったという。

「中平さんは、前にも釧路や根室へ行っていますか?」

「さあ。ずっと前、霧多布《きりたっぷ》湿原の話をきいたことがありました。そのときわたしは初めて霧多布の地名を知りました。ですから、行ったことがあったのかもしれません」

また電話が鳴った。午後二時だ。二言三言で、嶺子は受話器を置いた。

「中平からです。間もなく帰ってきます」

彼女は、瞳を据えていった。落着きのあるいい方は、なにかを決意したようでもあった。

33

道原は一階へ下りると、ロビー脇の公衆電話で、鳥羽房江に掛けた。

鳥羽の葬儀は、二月十五日だったかときいた。

彼女はそうだと答えた。

「中平さんは、参列していませんね?」

彼はあらためて念を押した。

「きていません」

彼女は、きっぱりと答えた。

その間に伏見は、富山市役所へ電話し、二年前の二月八日、中平良成の講演会が開かれたかを確認した。講演会はたしかに催され、中平は午後六時から七時半まで公民館の演壇に立ち、その後、市長や市議会議員などと会食したことも分かった。

八日は富山市内へ泊まったことだろう。翌九日はどんな行動をとったのかを知りたいが、電話でそこまではきけない。

問題は十日である。九日、中平が飛行機か列車を利用して東京へ帰ったような気がする。講演会などを主催した自治体は、たいてい往復の旅費も負担する。招かれた講師が他所に用事があるといっても、空港や駅までは送るだろう。

中平の場合は、いったん東京へ帰っても、十日の午後一時五十分ごろ、大糸線有明駅のホームに立つことは可能だった。

念のため、捜査本部を通じて、富山市の警察に、講演のあと中平がどうしたかを、市の担当職員に確認してもらうことにした。

その回答によると、中平は新潟へ行くといって、九日の昼前、市の職員数名に見送られて、北陸本線の列車に乗ったということだった。

新潟へ向かう途中に、大糸線の起点の糸魚川《いといがわ》がある。注目すべき行動だ。

これをきいて伏見は、中平を徹底的に締め上げたらどうか。彼は容疑者にされたくなかったら、新潟のどこでなにをしていたかを思い出したり、十日のアリバイを証明するものを用意するのではないかといった。

が、道原は首を横に振った。

アリバイを証明するものがなくても、中平は二年十か月も前のことなど、いちいち覚えていられないといって逃げるだろう。鳥羽が銃撃された直後、現場近くを走る電車に乗っていたといっても、それはたった一人の目撃談である。セツコの目を信用していないわけではないが、警察にとっては身内である彼女の証言だけでは、証拠性が弱いのだ。

二月十日、電車内で中平を見た乗客は何人かいそうだが、その人たちが名乗り出ないかぎりさがし出すことは不可能に近い。

宮沢種継が毒殺された日、中平は北海道旅行したことになっている。その旅行で撮った写真があるということだが、これは信用できない。以前に撮ったものを、嶺子に見せたことも考えられる。

その写真を提出させれば、現地へ行って、ほんとうに今年の十一月の撮影であったかを確かめることができるが、中平は写真の提出を拒むかもしれない。なにがなんでも提出させるには、容疑の根拠となる証拠なり、人の証言が要り、令状を持たねばならない。中平に、旅行で訪ねた先のことなど、答える必要がないといわれれば、それきりだ。

「鳥羽とは、少なくとも四年ほど前まで親交があったのに、中平はずっと前の知り合いで、よく覚えていないようなことをいっています。二年十か月前の葬儀に、参列するといって、事務所を出ている事実もあります。それなのに、葬儀に出ていないじゃないですか」

伏見は、食い下がるようにいった。

「葬儀に出るつもりだったが、急に気が変わったといわれれば、それきりだ。なにしろ、彼に真相を喋らせる証拠を、おれたちはなにひとつ握っていないんだ」

道原は、豊科へ帰ることにした。東京で調べたことを報告し、今後の捜査方法を検討する必要があった。

捜査本部に帰着すると、捜査会議が開かれた。県警本部から野中《のなか》捜査一課々長がきていて、中央の席にすわった。縁のないメガネを掛けた色白の男で、四十を出たばかりである。

道原は、各所で当たった人の名を挙げ、捜査の詳細を報告した。中平の応答についても話した。約一時間を要した。

「札幌市や浜松市まで行ったわりには、加害者を絞り込める証拠を挙げられなかったですね」

野中課長は、無表情で感想をいった。

それをきいた伏見は、両手を固く握ると、椅子を立とうとした。横にいた道原は、伏見の上着の裾を引っ張った。

伏見は、唇を噛んだ。

「事件に関係がないという証拠を掴むのも、捜査です」

伏見は、野中課長の言葉がこらえきれなかったのか、腰掛けたままいった。

道原とは反対側にすわっていた牛山が、伏見の肘を突いた。

会議は終った。

道原と伏見が、それぞれ自分の席に戻ると、四賀課長がやってきて、

「ご苦労だったね。今夜はゆっくり寝《やす》んでくれ。あしたは捜査の出直しを話し合おう」

といって、伏見の肩を叩いた。

伏見は、会議での行為を謝った。

道原は、山岳救助隊の小室の席に電話した。小室は帰宅したということだった。もう午後九時を過ぎている。帰宅したのは当然だった。

「小室君の家へ行ってくる」

道原がいうと、伏見も行くという。

道原は、何日か前から考えていたことを、小室に相談してみるつもりだ。

「小室さん。もう、いい機嫌になっているんじゃないでしょうか」

伏見は、車を運転しながらいった。

「家でもよく飲むからな」

小室は酔っていなかった。風呂から上がって、飲《や》り始めたところだという。

「一人より、三人で飲むほうがうまい」

小室は、一升びんを持ち上げてグラスに注いだ。

「ぼくは、車なんですよ」

伏見がいった。

「ここへ置いてきゃいいじゃないか。あしたの朝、おれが署へ乗って行くよ」

小室は、くわえタバコでいった。

三人はグラスを合わせた。

「もう山にはかなり雪が積もっているだろうねえ？」

一口飲んで、道原はきいた。

「今年はそれほどでも。……山になにか？」

「相談なんだがね、小室君。常念小屋で死んでいた、井刈正光のザックの捜索を、もう一度やってもらえないだろうか？」

井刈のザックの捜索は、去年の六月、雪解けを待って行ったが、発見できなかった。

「えっ。この冬にですか。いくら今年は雪が少ないといっても、吹きだまりには一メートル以上は積もっていますよ」

「不可能だろうか？」

「山に入ってみないと、なんともいえません。どうして、いまになって、井刈のザックを？」

「おれは、井刈の遭難を臭いとにらんだ」

「事件性があるっていうんですね？」

「はっきりした根拠はないけど、宮沢や鳥羽の事件と、どこかでからんでいるような気がするんだ」

　道原は、中平良成に会った印象と、彼のついた嘘から、彼の隠しごとには深さがあるとにらんだことを話した。

「しかしそれは、おれの勘で、証拠がないんだ。なんとしても、中平が隠している部分の突破口になる証拠をさがし出したい」

「井刈のザックが見つかれば、その中に……」

「あるいは、彼が単独行でなかったという確証が詰まっているかもしれない」

「この時季ですから、うちの署員だけじゃ無理ですよ」

「ある程度の人数を集められたら、やってもらえるかね？」

「そりゃ、他殺《コロシ》の線も考えられるとなったら、井刈のザックは肝腎です。それに……」

「それに？」

「伝さん、いや、道原さんと伏見君の、きょうまでの苦労を無駄にしたくはないですから。いまは入山者も少ないし、遭難事故もめったに起きないでしょうから、救助隊はヒマなんですす」

「ありがとう。捜索に協力してもらえる人を、一人でも多く集めるよ」

「県警本部と隣接署に協力を求めるんですか?」

「県警本部は、ちょっとな」

道原の目の裡に、野中課長の白い顔が浮かんだ。

「民間人ですか?」

「そう。何人かは心当たりがある」

「おれは、遭対協の有志に当たりますよ」

小室は、グラスの酒を半分ほど飲んだ。

「ぼくも、知り合いに声を掛けてみます」

伏見だ。

「頼む。ただし、冬山経験のある人でないとな」

「分かっています。十人ぐらいは集められると思います」

「手弁当だぞ」

「ええ。大丈夫です」

伏見も、酒をぐっと飲み、小室に電話を借りるといって、立ち上がった。

34

翌朝、出勤すると四賀課長に、井刈のザック捜索をやらせてくれと進言した。

「大丈夫かね。こんな時季に？」

「冬山経験のある人たちばかりに協力を頼みます」

道原の案は、課長の口から署長に伝えられた。道原は署長室へ呼ばれた。

「伝さん。気は確かかね。吹雪になって、行方不明者でも出したら、大ごとだよ」

「うちの署の山岳救助隊が公務として参加することだけは、承知しておいてください」

「小室君はなんていってるんだね？」

「彼もボランティアを集めてくれることになっています」

「刑事は、べつにやることがあると思うがね」

署長は、椅子を窓のほうに回転させ、「私が一応反対したことだけは、覚えておいてくれよ」といった。

道原は、自分の席に戻ると、豊科町や穂高町にいる友人はもとより、松本市、岡谷市、下諏訪《しもすわ》町、諏訪《すわ》市に住む、登山のベテランに捜索の意向を伝えた。その場で、協力すると答えた人が何人もいた。たいていの人が、友人に声を掛け、何人か集めると答えた。

翌日の午後、豊科署には、大型ザックを背負った男たちがぞくぞくと到着した。その中には、休暇を取ってきた警察官もふくまれていた。

道原の音頭で集まった人数は、約四十人。小室の知り合いは約三十人、伏見の関係者は約二十人、牛山と宮坂の知友が約二十人。それに山岳救助隊、遭対協関係者で、合計百四十六人が、井刈のザック捜索に参加することになった。

この大捜索隊を小室が指揮する。伏見、牛山、宮坂も山に入りたいと申し出たが、これは署長が認めなかった。

十二月五日早朝。大捜索隊は、車で三股まで入り、常念乗越《のっこし》めざして一列になった。

道原と伏見も三股まで行き、捜索隊を見送った。

しんがりの小室は、

「山が荒れないことを祈っていてください」

といって手を挙げると、ピッケルを突いた。

天候とともに怪我人が出ないことを、道原は祈らずにはおれなかった。

去年の捜索は、約四十人で一週間つづけた。この経験から、常念小屋のある乗越付近にザックはないと結論した。しかし、井刈はザックを紛失して丸腰になってから、常念小屋へたどり着いている。ザックを失くした直後、彼はいったん下山を思いたったに違いない。しかし吹雪になった。そのために冬期小屋に避難したのだろう。

吹雪の最中だったから、長距離を移動することはできなかったはずである。

これらの状況を考え、去年捜索隊が歩いた範囲をのぞくと、井刈がザックを紛失した地点はある程度絞ることができると、小室をリーダーとした救助隊員は語っていた。


大捜索隊が入山した五日と六日は、好天に恵まれた。

七日は曇りだった。

その日の午後である。木の枝に巻きついていた毛糸のマフラーを発見して回収した。変色しているが、井刈の妻が編んだといっていた物にそっくりだった。この連絡は本署に届いた。

不注意からザックを斜面で落とすことは考えられたが、マフラーまで紛失するとはどういうことかと、道原らは話し合った。マフラーを井刈の物と想定してのうえである。

「マフラーは首に巻いてジャケットの中に突っ込んでいるんだから、風で飛ばされることもないしな」

道原は腕を組んだ。

「首に巻いていた物がはずれたとしたら、どんな状況が考えられるかな？」

伏見が宮坂にいった。

「同行者がいたとしたら……」

宮坂はつぶやいた。

「いたとしたら？」

「取っ組み合いになったとしたら、はずれることもあります」

「そうだな。そういうことでもないと、首に巻いている物は取れないような気がするな」

道原は西側の窓に寄った。霧がかかったようになって、常念も蝶も見えなかった。

山間部はあす雪になるという予報が出ている。降り方によっては、捜索は不可能である。

夕方、小室からの無線連絡では、あす、降雪でなければ、マフラーを発見した地点を徹底的にさがすということである。

大町署と諏訪署と駒ケ根《こまがね》署から連絡が入った。ザック捜索の話をきいて、参加したいといっている署員と民間人がいるが、どうかという問い合わせだった。

道原は、協力を頼みたいと答えた。

八日の山間部は、ときどき小雪という天候だった。

大町、諏訪、駒ヶ根の各署員と民間人の山のベテランが、豊科署に到着し、翌日の出発にそなえた。六十六人だった。先発隊と合わせて二百十二人になる。

小雪はやんで、九日は薄陽が差した。

二次隊は、早朝、三股から入山した。

十一日の昼である。小室から朗報が入った。諏訪署の班が、赤い大型ザックを発見したというのだった。そのザックは、七日に発見して収容したマフラー同様、木の枝にからんでおり、それを現在収容するための作業中だという。

これをきいて道原は、江戸川区平井に住んでいる井刈の妻頼子に電話した。井刈の物らしいザックとマフラーが発見されたので、確認にきてもらいたいと告げた。

「まあ、この時季に……」

彼女はあす、娘と息子と一緒に行くと答えた。

一時間後、小室から連絡が入った。赤のザックを回収し、ポケットを見たところ、井刈正光の住所と電話番号の入ったカードが見つかった。これを持って、全員下山するといった。二百十二人の中に、怪我をした人も、体調を崩した人もいない、と彼はつけ加えた。

全隊員は日没のころ署に帰着した。顔に不精髭が伸びているが、山男たちは全員元気だった。

道原は署を代表して、全員に礼を述べた。

隊員が回収してきたザックは、どこも破損していなかった。マフラーは風雨にさらされてか、変色しているし、毛糸がほつれていた。

捜索隊が解散し、それぞれが汚れたザックを背負って帰った。

道原は小室に、あらためて礼をいった。

小室は照れて頭を掻いた。

井刈の物と思われるザックの中身を点検することになった。道原は、白手袋をはめ、ザックのバンドをはずした。

小型カメラが着替えのセーターにくるまれていた。コンロや食器、食糧が完全なかたちで収まっていた。これを落とさなかったら、井刈は死ななかっただろう。

鑑識がコンロと食器から指紋を採取した。

道原は単独で上京した。中平の秘書の成田嶺子に会うためだった。

中平の外出を狙って、事務所に彼女を訪ねた。

中平に変わった点はみられないかときいたところ、

「この前刑事さんのお話を伺ってから、わたしのほうが変わったような気がしてしかたありません」

といった。中平はそれまでと少しも変わっていないように見えるという。

道原の上京の目的は、中平が使っていた物を手に入れることだった。それには彼女の協力が必要だったので、前もって連絡しておいたのである。

「とても後ろ暗い思いがしますが、これを」

彼女は、茶封筒を道原の前へそっと置いた。それは中平が使っている万年筆だった。これなら中平の指紋しかついていないだろうという。

「これが失くなっていたら、中平さんは気づくのでは？」

「万年筆を集める趣味がありまして、海外旅行で買ってきたのが三十本ぐらいあります。机の上にはいつも五、六本が出してあります。それの一本を失敬しました」

「用事がすんだらお返しします」

「ほかの物と、指紋を照合なさるのでしょうが、中平の指紋が合致したら、どうなるのでしょうか？」

「残念なことですが、中平さんが事件に関係していたということです」

「取り調べを受けるわけですね？」

「ええ。……中平さんは、登山をしますね？」

「大学のころから登山を始めたということです。ヒマラヤのトレッキングをしたときの写真を見せていただいたことがあります」

「最近は？」

「五十過ぎてやめたといっていましたが、アルプスを眺めると、登りたくなるという話をきいたこともあります」

道原はうなずいた。

「中平さんは、暴力団関係者に知り合いがいそうですか？」

「いいえ。それは知りません。それらしい方がここへ見えたことはありませんし」

道原は礼をいって、一流ホテル内にある事務所をあとにした。

彼の持ち帰った中平の万年筆から指紋が採取され、それと、井刈のザックの中にあったコンロと食器から採取された複数の指紋とを、照合した。そのうちのいくつかの指紋が、万年筆の指紋とぴたり一致した。

道原が東京へ行っているあいだにやってきた、井刈の妻と二人の子供は、山中で発見されたザックとマフラーが、井刈の物であることを認めていた。

35

中平良成は、名古屋市で講演していた。その会場は九割がた聴衆で埋まっていた。

道原、伏見、牛山、宮坂の四人の刑事は、会場に入って中平の講演をきいた。話し方には抑揚があり、ときに笑わせてうまいものだった。

話の内容から、そろそろ終りに近づいたことが判断できた。

四人の刑事は講師控室の前へ移動した。聴衆の拍手がきこえた。中平の話が終ったのだ。

中平は、ハンカチで額を拭きながら階段をおりてきた。若い男が二人、彼を先導していた。主催者側の係員のようだった。

控室に入りかけた中平は、道原と伏見を見て足をとめた。驚いて足がすくんだといった恰好だった。

「こんなところへ、なんですか?」

中平は、不愉快を露わにした。彼はこれから、商工会議所の幹部と会食することになっているといった。

「折角ですが、断わってくれませんか」

道原がいうと中平は顔色を変えた。令状をちらりと見せた。中平の顔が歪《ゆが》んだ。

豊科署へ向かう車の中で道原は中平に、なぜ蝶沢村周辺の市町村では講演をしないのかときいた。

「依頼がないからです」

「松本市では依頼したが、日程が取れないといって、断わっているじゃないですか」

た。

「そうでしたか」

中平は顔をそむけた。

車のライトは、走行車の少なくなった高速道路を掃いて疾駆した。フロントガラスが曇り始め、先行車の赤いランプがにじんで見えた。雨が降り出したのだ。

「山は雪でしょうね」

道原は、横の中平にいった。が、中平は口を利かなかった。眠っているように動かない。横顔を見ると、一〇〇メートルほど先の車のライトを見つづけているようだった。

中平に対する取り調べは次の朝から始められた。県警本部の野中課長が中平と向かい合ったが、なにをきいても一言も喋らなかった。

取り調べ二日目は、道原が中平の正面にすわった。

「眠れましたか?」

道原がいった。

「おとといは、悔しくて眠れませんでしたが、ゆうべは四、五時間よく眠りました」

「なにが悔しかった?」

「やっと、なんとかなったと思ったのに……」

中平は、歯ぎしりするようにいった。

まず、井刈正光の件からきくことにした。

二年前の年末、井刈と一緒に蝶と常念へ登ったことを認めるかときいたところ、中平は、

「たしかに」

と答えた。

「蝶ヶ岳の山小屋では、井刈さんと一緒に食事を作って食べましたね？」

「食べました」

「その井刈さんのザックを、常念を越えたところで、蝶沢側に投げ捨てたんですね？」

中平はうなずいた。

「井刈さんを殺すつもりで、ザックを投げたんですね？」

「はい」

「井刈さんは、怒ったでしょうね？」

「『なにをするんだ』といって、私の首に手を掛けました」

「取っ組み合いになって、井刈さんの首からマフラーがはずれたんですね」

「それを拾おうとした井刈の尻を、私は蹴りました。彼は、三、四〇メートル雪の斜

面を滑り落ちました。その間に、私は逃げ、木の陰に隠れました」

中平は、そのときの情景を頭に浮かべているように、やや上を向いた。

――小雪が横に降っていた。風の音は、山が吠えているようだった。斜面を滑り落ちた井刈は、いったん稜線に登り着いたが、ピッケルを突いて下りて行った。中平に投げ捨てられたザックをさがすつもりらしかった。

約二時間後、井刈はまた稜線に登ってきた。が、手にはピッケルを握っているだけで、背中は空《から》のままだった。ザックを発見することができなかったのだ。

彼は震えていた。食糧も燃料もテントもなかったら、この厳寒の中でどうなるかが分かっているに違いなかった。

彼はどうするかを迷っているらしかった。それは稜線の上の平坦《へいたん》なところを、方向性を失った虫のように、ぐるぐると回っていることで判断できた。雪の上にすわり込み、腕組みすることもあった。

雪は激しくなった。風も強まった。吹雪になることは間違いなかった。

マフラーの失くなった襟に手をやると、北を向いて歩き始めた。彼の行く手から地吹雪が襲った。

井刈は二、三十歩進んでは転倒した。転ぶというよりも膝を折るのだった。極度の疲労がそうさせるようだった。

　彼が常念乗越にたどり着いたときは夕方になっていた。いよいよ激しくなった吹雪の中で、方向を見定めては歩いた。足取りはよろよろし、しゃがみ込むと数分身動きしなかった。山小屋を見つけた。この感覚が、彼に残っていた最後の生命力だったようで、冬期小屋の中に倒れた。このようすを、中平は一〇メートルと離れていないところから見ていた。

　井刈はすでに、空腹や渇きの感覚を失ってしまい、ごろりと横になったまま動かなかった。ザックをさがすために体力を使いはたし、これが見つからなくて気力が外へ逃げていった。前に何度かここを訪れていたために、山小屋の位置の記憶がかすかに残っていたものらしい。

　中平も山小屋に入り、井刈のすぐそばで、小学校の同級生だった男が息を引き取るのを見届けた。それは一月二日の払暁だった――

　中平は、白と黒だけの世界の映像を説明するように話した。

「なぜ、井刈さんを？」

　道原は、殺害動機をきいた。

「子供のころから、私は井刈が嫌いでした」

「蝶沢小学校にいたころ、井刈さんとのあいだに、なにかあったんですね？」

「私の母は、東京で戦火を逃れるために生まれた場所の蝶沢村へ行きました。母の両親はすでに亡く、兄が所帯を持っていました。その家に世話になったんですが、貧しい農家で、食べていくのがやっとだったんです。母は幼い私を抱え、兄の家族に遠慮しながら日々を送っていました。からだが丈夫でなかったので、働くことができなかった。……私が小学生になってからでした。母は夜になると、私の手を引いて、そっと家を抜け出すのでした」

——夏のことである。他所の畑へ忍び込んだ。草いきれのする畑の中に二人はすわり、キュウリやナス、ときにはスイカを割って食べた。帰りに母は、袋にトウモロコシなどをむしって入れ、それを持ち帰った。兄や家族には、買ってきたとか、もらったのだと話していたようだ。イモやダイコンを掘って持ち帰ったこともあった。

秋はリンゴやカキを盗んだ。中平は小学校五年生ぐらいになると、夜間、一人で出掛けた。農家の軒下に干ガキが吊り下がっていた。軒下の籠《かご》や筵《むしろ》の上には切りイモが干してあった。どこの家にそれがあるかを、彼はすでに知っていた。下校時に下見しておいたのである。

井刈の家の軒下には、いつも切りイモがあった。それを袋に入れているところを、彼の母親に見つかった。中平は首を摑まれて家の中に連れ込まれた。「だいぶ前から、畑の作物が盗まれていたが、それもお前のしわざだったのね？」と追及された。家の奥から井刈正光は中平を冷たく見ていた。

学校で井刈は、「ドロボウ」と中平を呼んだ。登下校時にも井刈は中平のそばに寄ってくると、「ドロボウ」と低声でいった。中平が母と一緒に、畑のスイカを食べたことも井刈は知っていた。昼どきは、中平の弁当を指して「それも盗んだ物か」といった。

井刈がクラスの者に、吹聴《ふいちょう》したのかどうか知らなかったが、何人かが中平を、「ドロボウ」と呼んだ。

中平は、小学校を卒えると母に連れられて東京に戻った。母にとっても蝶沢村は「いい所」ではなかったようだ。彼女は故郷のことをめったに口にしなかった。人から出身地をきかれると「信州です」と答えるだけだった。

中平が大学に通っているころだった。新宿駅で井刈に呼びとめられた。井刈は松本の高校を出て、東京の会社に就職したといった。彼が住所を教えたので、中平はしかたなく自分の住所を紙に書いて渡した。

井刈は、年賀状以外にもときどき手紙をよこした。「元気でいるか」といった簡単な内容だった。子供のころを覚えているに違いない井刈の手紙を見るのが嫌だった。

井刈はなにを考えているのか、中平の住所へひょっこり訪れたことがあった。ボロアパートを見て、「楽じゃなさそうだな」と、彼はいった。

台東区竜泉のアパートへきたこともある。そのとき中平は不在だった。一緒に住んでいた岡島真左子に、「結婚しているのか」ときいたという。

「蝶沢三十年会」の名簿が送られてきた。井刈が中平の住所を幹事に教えたようだった。同期会の通知は毎年届いた。だが、中平は一度も出席しなかった。東京で催されたときも同じである。

中平の著書を読んだといって、最初に手紙をくれた蝶沢小の同級生が井刈だった。それには、「新聞広告を見て、書店へ行った。表紙の写真を見て、君であることを確かめた。意外な気がした」とあり、祝いの言葉も、激励の言葉も書いてなかった。

中平は、遠い過去を思い出した。冷たい雨の降る夜、他家の軒下に吊ってある干ガキの縄を、そっとはずした自分を頭に浮かべた。母とともに畑の中にすわり、スイカを割って食べながら眺めた星空が、目の裡に広がった。

中平の二冊目、三冊目の本が売り出されるたびに、井刈は手紙をよこした。

中平には書きたいことが山ほどあった。からだの丈夫でない母と、寒中に歯の凍るような飯を食べた思い出を書きたかった。自分の原点は信州の蝶沢村にあると書きたかった。だが、井刈のような人間がこの世にいるかぎり、幼いころの思い出を書くことができないと、歯ぎしりをした。

中平がテレビに登場するようになって一年ほどたったころ、なにで調べたのか井刈が事務所に電話をよこした。会いたいといった。中平は断われなかった。

一緒に酒を飲んだ。井刈は酒が強かった。彼はときどき山に登るといった。中平も学生のころから山に登っていると話した――

36

――一緒に山に登ろうと話し合ったのは、二度目に井刈と飲んだときだった。いつ登るかの約束はしなかった。

その後も井刈は中平を訪ねてきた。彼は中平の多忙を知らないのか、予告なしにやってきた。相手の都合というものを考えない男なのか、それとも自分には頭が上がらないだろうとみているのか、酒を飲むと、いつまでも話しているのだった。

井刈は中平のことを、「売れているな」といい、「子供のころのお前とは別人のようだ」とよくいった。言葉には故郷の訛《なま》りが残っており、飾り気がないかわり、不作法な感じでもあった。

井刈は、中平のピーク時を狙っているのではないかという気がし、油断がならなかった。

中平の評価がもっと上昇し、世間から頂点と目されるようになった機を見て、昔日の犯罪をバラそうとしているように受け取れた。

井刈と山へ登る機会が生まれた。夏や秋ならともかく、井刈は厳冬期登山を選んで中平を誘った。順風満帆の中平をいじめてやるつもりで、年末から正月にかけての常念行きを計画したものと、中平は読んだ。

中平もかつて冬山をやったことがあった。しかし五十を過ぎ、冒険は無理な年齢になっていた。井刈にとっても同じである。それなのにあえて登ろうというからには、なにか魂胆がありそうだった。

中平は、多忙だから同行できるかどうかは分からない。都合がついたら、松本駅で落ち合おうといっておいた。

中平はさんざん迷ったあげく、井刈の冬山行を逆に利用することを考えついた。それは、井刈をこの世から抹殺することだった――

道原は、宮沢種継の事件に追及を移した。

「宮沢についても、子供のころ、よい印象を持っていませんでした」

中平は、セツコが運んできたお茶を一口飲むと、自供を始めた。

宮沢の家は、蝶沢村では一、二番に裕福だったのを中平は覚えていた。

おたがいに三十半ばのころである。宮沢は同期会の名簿を見たといって、年賀状をくれた。中平も返事のつもりで賀状を出した。そのころの中平の生活は窮乏のどん底にあった。

宮沢に松本で会いたいと手紙を書いた。借金を申し込むのが目的だった。宮沢からはすぐに返事があって、いつでも会えるから電話をくれとしてあった。

宮沢の顔には子供のころのおもかげがあった。

食事しながら中平は、一年後に返済するから金を貸してくれないかと頼んだ。宮沢は、「困っているらしいな」といってから、いくら要るのかときいた。金額をいうと「なんだ。大した額じゃないじゃないか」といい、次の日、中平のいった金額をそろえて持ってきてくれた。中平は、「助かる」といって深く頭を下げた。

返済の日がやってきたが、中平の生活振りは金を返すどころではなかった。

宮沢は、中平に貸した金のことを忘れたように、なんの催促もしなかったし、それまでと同じように年賀状をよこした。

中平は、住所を移るたびにそれを知らせた。

十年あまり経過した。その間、二人は一度も会わなかった。中平の頭にはいつも宮沢に金を借りたことがこびりついていた。

中平の著書が売れ始めた。講演依頼が舞い込むようになった。正月に年賀状を見ていて気がついたが、宮沢からの年賀状がなかった。次の年も同じだった。

中平は、宮沢に金を返す時機を逸した。いまさら、「あのときの借りだ」といって返しには行けなかった。

「蝶沢三十年会」からは、毎年同期会の通知が届いていた。中平はそれに出席したかった。二年前までは、井刈と宮沢がいるかぎり、それには出られないと思っていた。井刈はこの世を去ったが、宮沢がいる。同期会の通知の中には、かならず宮沢の呼び掛けの文章が刷られていた。彼は同期会の世話役であり、リーダー格であることがその文章から読み取れた。

今年の十月末である。中平の自宅に思いがけない封書が届いた。差出人はなんと宮沢だった。「十一月十九日に、来春の同期会の打ち合わせに上京する。新宿駅ビル八階のレストランで、同期生の菅沼と戸塚に会うことになっている。君の活躍はとうに知っている。それを励ましたいし、個人的に話したいこともある。ぜひ、都合をつけて当日レストランへきて欲しい」とあった。

中平は、またも子供のころを思い出した。蝶沢村で比較的家が近かったせいか、井刈と宮沢は仲よしだった。二人が長じてからも親交があったとしたら、井刈の葬儀に宮沢は出ているだろうと思った。

その前に、井刈と宮沢は、中平のことをいろいろと話し合っていそうだった。いうならば、井刈も宮沢も、中平の過去と恥部を熟知している男たちだった。

宮沢は、東京在住の菅沼や戸塚に会えば、中平を話題に出すに違いない。中平が三人のいるレストランに姿を見せなければ、宮沢は、「彼にはおれに顔向けできない過去があるからだ」と話すだろうと想像した。

中平は前日の朝、東京を発った。秘書の成田嶺子には、その日から北海道へ取材に行くといってあった。

彼はいまや自分の顔が、世間に広く知られていることを承知していたから、帽子とメガネで変装した。

宮沢の経営するペンションの近くから、彼が出てくるのを待った。

一時間ばかりすると、中年男がペンションの裏口から出てきて乗用車に乗った。宮沢であることがすぐに分かった。

その晩は、大町温泉郷のホテルに偽名で泊まり、次の日の午後、南小谷駅で宮沢を張り込んだ。

中平の予想は当たって、宮沢は「スーパーあずさ10号」に乗った。列車が信濃大町駅を出たところで、グリーン車に乗っている宮沢に、偶然に会ったと見せかけて近づき、立ち話をした。連れの者がいるから、新宿に着いたらゆっくり話そうといい、いま買ってきたばかりだといって、三本持っていた缶ジュースの一本を宮沢に与えた。

その缶ジュースには、前夜青酸カリを混入しておいた。青酸カリは、若いころメッキ工場でアルバイトしていたとき、盗み出して持っていたのだった。それを水で溶かし、針先で缶に穴を開け、注射器で入れたあと、ワックスを塗って小さな穴をふさいだのだった。

宮沢がそれを飲んで苦しがり、松本駅で降ろされたことは知らなかった。

列車が新宿に近づいた。グリーン車をのぞいた。宮沢がすわっていた席は空いていた。

中平は、都内のホテルに、偽名で泊まった。テレビニュースは、宮沢の死亡を報じた。毒の入ったジュースを飲んだらしいと、アナウンサーは喋っていた——

この自供を、捜査本部は記者会見でマスコミに発表した。発表には、署長と野中課長が当たった。

集まった記者たちは、中平の殺害動機が納得いかないようだった。野中課長は質問する記者に、

「有名になったいま、過去の秘密が露呈することを、中平は怖《おそ》れたんですよ」

と答えた。

夜、八時過ぎだった。捜査本部に白馬村に住む若い女性から電話が入った。彼女は、十一月十九日、白馬から「スーパーあずさ10号」に乗った。自由席に行くのにグリーン車を通り抜けようとした。座席にすわっていた宮沢に声を掛けられ、十分間ほど立

ち話をしたといった。

道原らが、宮沢のかつての恋人だった大島靖子ではないかとにらんだ女性は、じつは電話してきた彼女だったのである。

なぜいまごろになって名乗り出たのかと、彼女にきいたところ、勤め先へ警察官に訪ねてこられたりするのが嫌だったから、事件が解決するまで黙っていたのだと答えた。

中平に対するその日の取り調べは、宮沢の事件までで中断した。

野中課長は道原を呼び、

「子供のころの盗みや、小銭を借り、それを返していない程度のことで、同級生の二人を殺したとは思えません。殺害動機はべつにあるような気がします。そこのところを、もっと厳しく追及してください」

と、白い顔のメガネを光らせた。

「中平にとって蝶沢村は故郷です。彼も人間ですから、故郷に錦を飾りたい。小学校の同級生の前で胸を張って講演をしたい。ですが、それをするには井刈と宮沢が目ざわりだったんです。中平は完全でありたかったし、生い立ちも、故郷での思い出も書きたかったし、人前で語りたかったんです。一家を成した誰もが親を語っているように、彼も父や母を、大衆の前で語りたかった。それを思うたびに、井刈と宮沢の顔が頭に浮かんだんです」

「彼はそういっているだけで、なにかもっと重大なことを、隠しているような気がしますけどね」

野中課長は、メガネの奥の細い目で、道原を冷たくにらんだ。

37

取り調べ三日目は、鳥羽古四郎事件だった。

道原には、嘘を見抜かれていたからか、中平はわりと簡単に鳥羽殺害を認めた。

「初めは鳥羽さんを、いい人だと思っていましたが、私の本が売れたり、世間に名が知られ始めると、うるさくからんでくるようになりました」

――中平は約二十年前、同棲していた岡島真左子と別れたくなった。竹林梅子と知り合ったからだ。

このことを鳥羽に話した。すると彼は、「真左子さんは、地味で堅実な人だが、ああいう人と一緒では、あんたは成功できない。あんたはなにかやれる人だから、もっと男を外へ押し出してくれるような女と一緒にならなくては」といい、別れたいのなら真左子に話をつけてやるといった。

鳥羽は真左子を呼びつけて、中平と別れろと話し、納得させた。

中平が彼女に金を持たせたいというと、鳥羽は貸してくれた。中平は何回かに分けて借金を返済した。

鳥羽との親交はつづいていた。

中平が売れ始めると、鳥羽は中平のもとへ予告なくやってきては、「儲《もう》かっているか」ときいた。傍目《はため》で見るほど儲かるものではないと中平はいったが、「あんたがどのくらい印税を稼いだか、私には分かっている」といった。

鳥羽が現われるたびに、中平は食事や若い女性のいるクラブをおごった。彼は人並みはずれた好色家で、別れ話をつけた真左子にさえ手をつけようとした。

中平が連れて行ったクラブのホステスを指して、「今夜、あの子をなんとかしてくれませんか」と、ねだるのだった。

自分で金を使って、なんとかしたらどうかと中平がいうと、「あんたは嫌なことを、私に押しつけたことがあったくせに、少しばかり偉くなったら、冷たいんだね」と、皮肉をいった。

六、七年前から、鳥羽の事業は不振になった。会うとそれを口にした。「あんたが成功するまでのスポンサーは私だった。あんたを今日の姿にしたのは私なんだから、今度は私を助けるのが人間というものじゃないの」といって、あからさまに金をせびるのだった。中平が十万円出すと、二十万円くれといった。二十万円渡そうとすると、三十万円出せといった。

中平は、ますます鳥羽がうっとうしくなった。

鳥羽は、タダで金を受け取ることに多少後ろめたいものを感じてか、陶器の壺《つぼ》を持ってきて、買えという。中平はいうなりに壺を買い取った。デパートでせいぜい三、四万円の物を、鳥羽は三倍の値をつけてきた。

いい加減にしてくれと、中平はいった。すると鳥羽は「あんたが、からだの弱いお母さんを抱え、別れて北海道へ帰したい女にやる旅費もなかった。そういうとき、金融業の私は、なんの担保もないあんたに、安い利息で貸してやった。あんたに恩人といわれるのが当たり前なのに、私をうるさがっている。私はあんたに一生面倒みてもらっても、まだ釣りがくるくらいのことをした男だよ」といい、クラブへ連れて行ってくれというのだった。

飲んでいるうちに鳥羽は、中平の過去話をホステスにするようになった。中平を、「先生」と呼んでいたホステスは、彼の素姓を確かめるような顔をした。

それだけではない。鳥羽は、安物の壺を提げてきては、「一千万円でどうかね」などということがあった。

二年前の二月、鳥羽は、友人の法事に安曇野の穂高町へ行くと話した。これを気のない顔できいた中平は、鳥羽を殺す機会が到来したと決意した――

「拳銃をどうやって手に入れたんですか？」

道原はきいた。

「暴力団から足を洗った九州の男が、私にあずけました。人を殺《あや》めたことのある銃かもしれませんから、警察へ届けると、その男が追及を受ける結果になると思いました」

河川にでも投げ込もうと思ったが、初めて手にした拳銃をじっと見ていると、捨てるのが惜しくなり、自宅の書斎に隠しておいたのだと供述した。

野中課長は、鳥羽を殺害した中平の動機については納得したようだった。

「私が、中平に会いましょう」

野中課長は、メガネの縁に指を当てた。井刈と宮沢の殺害動機を、とことんきいてみたいというのだった。

取調室に入った課長は、十分ほど真正面から中平を見据えていた。

「鳥羽さんを撃ち殺していたのに、小学校の同級生を相次いで二人も殺した。世間に広く名前を知られるようになった人のやることとは思えない。ほんとうの理由はなんなんだね？」

「道原さんに、いったつもりですが」

中平は、顔を横に向けた。

「私には、納得できない」

野中課長は、メガネの奥から中平をにらんだ。

「あんたには、分からない」

中平は、それきり野中課長の質問には答えなかった。

事件は解決した。少なくとも道原はそう思っている。野中課長は、中平の自供がいまも不満のようだった。井刈と宮沢は、中平がどんなことを大勢の前で話そうと、なにを書こうと認めていなかった。そのことが中平には憎くもあったのだ。それが彼が二人の同級生を殺した動機だった。道原はそれで充分だと思っている。

彼は休暇を取ることができた。

一人で上京した。大島靖子に会った。彼はいったんは彼女を疑ったことを謝まった。

彼女は首を横に振った。

「クラブ梅やでずっと働くんですね？」

「当分はそのつもりです」

彼女は松本市のホテルのバーにコンパニオンとして勤めていた。そこへ飲みにきた客が彼女のことを竹林梅子に話したのだった。梅子はぜひ会いたいと、靖子に電話した。それが銀座で働くきっかけだったと、彼女は語った。

「個人的にもう一度ききますが、あなたは、宮沢さんを憎んだことがありましたか？」

道原は、警察官としてでなく、知人としてきいたのだった。

「殺したいほど憎いと思いました。いえ、殺そうと真剣に考えたことがありました。それには独りでないとやれません。ですから、家族のように親しい人を持たないことにしました」

彼女には、最初に会ったときの暗い翳りはなくなっていた。

宮沢種継の兄妹の了解を得て血液鑑定すれば、靖子が宮沢の父兼雄の実子かどうかは明白になるだろうが、彼女にはその意思はないらしい。彼女が種継と異母兄妹かどうかは、謎のままこの事件は終焉《しゅうえん》を迎えることになった。

この作品はフィクションであり、実在の個人、団体とは一切関係がありません。
とくに作中の主舞台となりました「蝶沢村」は作者の創作であり架空の地名です。

実業之日本社文庫　最新刊

藍川 京
散 華
ガイドブック執筆のために京都を訪れたフリーライターの緋美花。街を歩いていると、オスを感じる男と出会って――。匂い立つ官能が胸を揺さぶる傑作！
あ11 1

赤川次郎
花嫁は墓地に住む
不倫カップルが目撃した「ウエディングドレス姿の幽霊」の話を発端に、一億円を巡る大混乱が巻き起こる!? 大人気シリーズ最新刊。（解説・青木千恵）
あ1 11

梓 林太郎
スーパーあずさ殺人車窓　山岳刑事・道原伝吉
新宿行スーパーあずさの社内で男性が毒殺された。山岳刑事・道原伝吉は死の直前に彼と会話をしていた謎の女の行方を追うが――。傑作トラベルミステリー！
あ3 9

安達 瑶
悪徳《ブラック》探偵　お礼がしたいの
見習い探偵を待っているのはワルい奴らと甘い誘惑!? ――エロス、ユーモア、サスペンスがハーモニーを奏でる満足度120％の痛快シリーズ第2弾！
あ8 2

内田康夫
しまなみ幻想
しまなみ海道に架かる橋から飛び降りた母の死に疑問を抱く少女とともに、浅見光彦は真相究明に乗り出すが……。美しい島と海が舞台の傑作旅情ミステリー！
う1 5

周木 律
不死症《アンデッド》
ある研究所の瓦礫の下で目を覚ました夏樹は全ての記憶を失っていた。彼女の前に現れたのは人肉を貪る異形の者たちで!? サバイバルミステリー。
し2 1

西澤保彦
探偵が腕貫を外すとき　腕貫探偵、巡回中
神出鬼没な公務員探偵〝腕貫さん〟と女子大生・ユリエが怪事件を鮮やかに解決！　単行本未収録の一編を加えた大人気シリーズ最新刊！（解説・千街晶之）
に2 8

山木美里
ホタル探偵の京都はみだし事件簿
「推理が光らない」売れっ子作家＆担当編集者のコンビが、事件を追って山あいの村から祇園の街へ。連作コミカルミステリー。
や6 1

実業之日本社文庫　好評既刊

池井戸 潤
仇敵
不祥事を追及して職を追われた元エリート銀行員・恋窪商太郎。彼の前に退職のきっかけとなった仇敵が現れた時、人生のリベンジが始まる！（解説・霜月 蒼）
い11 3

江上 剛
銀行支店長、走る
メガバンクを陥れた真犯人は誰だ。窓際寸前の支店長と若手女子行員らが改革に乗り出した。行内闘争の行く末を問う経済小説。（解説・村上貴史）
え1 1

江上 剛
退職歓奨
人生にリタイアはない！ あなたにとって企業そして組織とは何だったのか？ 五十代後半、八人の前を向く生き方――文庫オリジナル連作集。
え1 2

知念実希人
仮面病棟
拳銃で撃たれた女を連れて、ピエロ男が病院に籠城。怒濤のドンデン返しの連続。一気読み必至の医療サスペンス、文庫書き下ろし！（解説・法月綸太郎）
ち1 1

東野圭吾
白銀ジャック
ゲレンデの下に爆弾が埋まっている――圧倒的な疾走感で読者を翻弄する、痛快サスペンス！ 発売直後に100万部突破の、いきなり文庫化作品。
ひ1 1

東野圭吾
疾風ロンド
生物兵器を雪山に埋めた犯人からの手がかりは、スキー場らしき場所で撮られたテディベアの写真のみ。ラスト1頁まで気が抜けない娯楽快作、文庫書き下ろし！
ひ1 2

実業之日本社文庫 あ39

スーパーあずさ殺人車窓《さつじんしゃそう》 山岳刑事《さんがくけいじ》・道原伝吉《みちはらでんきち》

2016年6月15日　初版第1刷発行

著　者　梓《あずさ》林《りん》太《た》郎《ろう》

発行者　岩野裕一
発行所　株式会社実業之日本社
〒153-0044　東京都目黒区大橋 1-5-1
クロスエアタワー8階
電話 [編集]03(6809)0473 [販売]03(6809)0495
ホームページ http://www.j-n.co.jp/
印刷所　大日本印刷株式会社
製本所　株式会社ブックアート

フォーマットデザイン　鈴木正道(Suzuki Design)

ISBN978-4-408-55296-5（第二文芸）